天下篇，逍遙遊
七星劍，葫蘆酒
你就這樣長身去了江湖
自天涯滄桑風塵回来的你
大鐘鳴鼓，琴瑟竽笙
高台厚榭，邃野之居
或人何在？或人何在？
你又帶書攜酒配劍
從眼前到天涯，一路過去

落花也有溫柔的遠志
像人走向水涯
而裘褐為衣，棺桐三寸
張目奸逼切如大火逼你躍牆
身臨絕澗如閉目飛躍
而這一躍往何處去呢
流水也有悲壯的柔情

——摘自溫瑞安《山河錄》之華年

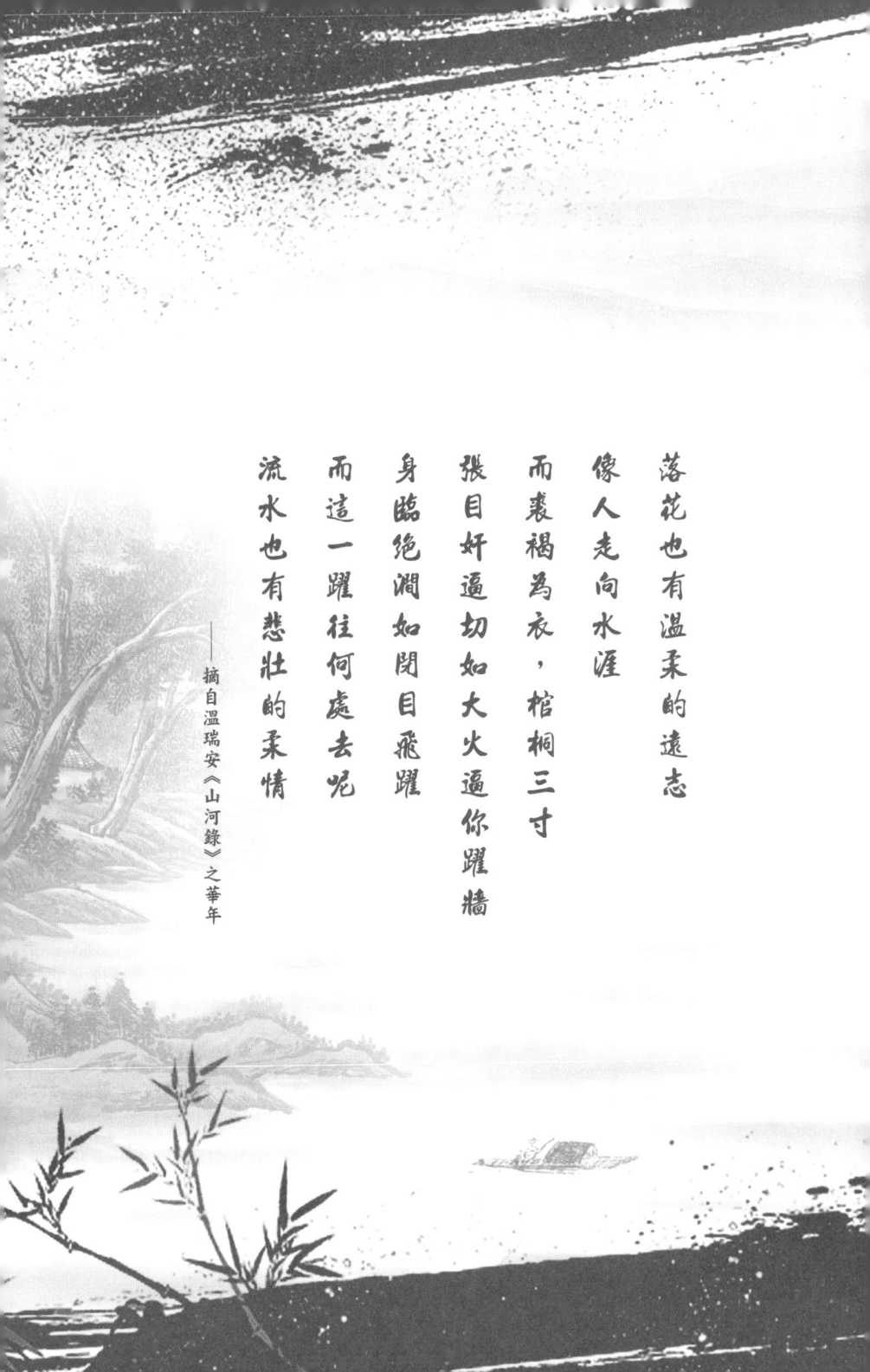

武俠經典新版
刀在江湖系列
江湖閒話
全一冊
溫瑞安 著

總序

重要的是寫得好

溫瑞安

很多文藝界的朋友問我：「你最近除了武俠小說，還有其他的文學創作嗎？」看得出問者多半出自關心，有部分對我還十分惋惜，但也肯定有部分學界朋友，因爲不屑於武俠小說這種題裁，或因「喫不著的葡萄就是酸的」一心態，對自己搞不來寫不好弄不清的事物，一概鄙視處之。我通常都唯唯諾諾，甚至支支吾吾，但問者愈來愈多，自己忍不住想反問；閣下究竟有沒有看過我的武俠小說？知不知道我寫武俠是因爲志趣而不是被逼？瞭不瞭解我曾爲武俠小說寫作花過多少努力？懂不懂得我個人文學創作的菁華如有幸不是糟粕的話？我甚至還肯爲那些一小撮「知識份子」矯飾、僞善、假反省、實自我自大、無病呻吟有疾就痛哭慘嚎的作品，早就與群眾脫節，賣弄文字辭藻，強調變態清高，表面互相吹捧實是大家蔑視，那調調兒的「文學作品」，我早已無志參與，不想再搞。

別問我爲何不從事「純文學」創作，因爲我也沒有問你爲何不寫武俠小說。文學沒有什麼純與不純、分類選種的，只有寫得好與不好。關心之情誠令我感動，但誤解之意亦令我不悅。我出版過三本詩集、七冊純散文（雜文還不算在內）、三部評論、廿餘部文藝、現代小說，且不算我的以百部計算的武俠小說，在質在量，我可算比職業作家更職業。可以肯定的是，我在文學上已交了卷——雖然不知分數若干，但寫得密密麻麻，並沒有空白、抄襲，應該是不容一筆抹殺，就算十筆八筆，也同樣不能抹殺。我現在雖然忙，但還是照樣天天寫，每週數篇散文、定時寫評論、每月一兩首詩，小說（不只是武俠）則天天數千字。同時也活得相當愉快，交友、郊遊、玩樂、作樂、看戲也看熱鬧，節目天天不缺，高朋豈止滿座，簡直還滿屋、滿樓、滿院。

值得注意的是：對我而言，武俠小說是項重大的挑戰，因爲它肯定是最難寫得好的文類之一，而且有著發掘不完的傳統精神、文化特色，既有頗高的可塑性，同時是最流行但也是最被人所忽略的小說。我對各種各類的小說和創作都嘗試過，還是武俠小說最難寫得好。不是把一個故事講得好就是好的武俠，而是怎樣把一切說的難題克服後還要再克服武俠小說的難題、時空背景的難題、歷史地理的難題、行爲思想的難題、語言文字的難題、讀者排斥輿論者鞭韃的兩難式處境，且要寫得好，得要翻空出奇、另創一格，要把小說寫得好誠非易事，就像越野賽跑一般難艱，可是寫好武俠小說卻好比越野競跑障礙賽，更難。文學那一種形式、題裁我都大量寫作過，幾乎一切文類的作品，我都被選過文學選集或代表作家特輯內，一點也不必汗顏。事實上，我在港、台、新、馬都是辦文學社團起家的，可是最難寫得好的，我認爲還是武俠小說。所以我就是發誓要寫好它，因爲它最有難度，最有挑戰性。

其實，寫的「文學」不「文學」並不重要，重要是寫得好——一部好小說，本身當然就是「文學」的了。

……………
溫瑞安

稿於一九八四年五月十三日新生活報開始發表，「王牌寫王牌」系列稿

校於一九九三年六月九日、十日

家禮來信報告我書在大陸澳門銷售佳績／與梁四、何五近年來第十二次返馬行；陳、何看命書可愛；新生活報欲刊出我作品在中國報導和消息，來電索資料、相片

修訂於一九九七年十一月底林先生親來澳交付港幣十八萬餘作為出版訂銀，誠意可感，另付兩百餘萬預付版

稅，一切如期進行，如約推動，欣然合作，銳意成事

……………
溫瑞安

刀在江湖 江湖閒話系列

全一冊

目錄

一　大俠蕭秋水

「涼風起天末，君子意如何？」

「鴻雁幾時到，江湖秋水多！」

「哈哈！你提到『江湖秋水多』，倒讓我想起昔日江湖上有一位大俠，就叫做蕭秋水。」

「對，江湖上大俠小俠，多不勝數，不過，像蕭秋水這種爲國爲民的俠義之士，確不算多，江湖秋水多，但蕭秋水只有一個！」

「當真只有一個？」

「當真只有一個。」

「只不過，自從他見朝廷頹靡，禍亡無日，感歎於『人生如夢，一尊還酹江月』，隻身飄然遠去，『神州結義』也一蹶不振了。」

「躬耕本是英雄事，老死南陽未必非。當其時朝政日非，蕭大俠雖不求聞達於諸侯，不見得也不管天下不平事。」

「我也聽說過蕭大俠一些遊俠江湖的事跡，我覺得這樣倒好。」

「怎麼個好法？」

「蕭秋水是性情中人，情緒際遇難免大起大落，有時殺性未免過強，這點在人在己，皆非好事。」

「便是。像蕭秋水後來在恒山之役，兵不刃血，而且有趣感人，能破能立，便很有意思。」

「恒山之役？」

「你沒聽說過嗎？這一役很有名的吔！」

「這個……」

「恒山上，有位名動天下、創『雪花神劍』的九劫神尼……」

「這我知道。九劫神尼出身貧寒，幾次被賣落窯子，但她力保清白，誓死不從，但命途多舛，每逃一次，即被惡奴追回，殘加虐待，幾乎死過九次，最後她以一弱女子，憑著莫大的毅力和意志，終於上了恒山，落髮爲尼。」

「九劫神尼的確是個人物，她以堅忍不拔的意志力甘在俗世受辱渡劫，最後能上佛門聖地清白全志，自然可佩，日後，她以恒山派一位小尼姑，終登上了掌門大位，還以她的悟性創下了七七四十九路『雪花神劍』，名動天下，確有過人之能。」

「這我也知道，卻不知蕭大俠何以跟她鬧上了事？」

「九劫神尼雖有雪志冰操，但在修行時受苦太深，日後行事未免偏激。」

「可不是麼！我也覺得恒山派立下什麼規條：男子不得上山，女子一旦皈依，不得重回俗世，恒山殿、懸空寺附近更不許男人出沒……這都算是什麼臭規矩！」

「這還不算，當年，還有一道規矩，凡是山下一帶居民的女童若被恒山派掌教看中，必將之帶走，傳以武功心法，不過得要皈依佛門，不准還俗。」

「豈有此理！這算什麼！這豈不是等於拐人嘛！怎麼這規矩我卻沒聽說過？」

「你且聽我從詳道來。你這麼氣憤，但當時一般民眾誠心向佛，對此並不反感。恒山掌教一向周濟百姓，被視爲萬家生佛，給九劫神尼看中，大都認爲是家門之幸，女兒生有仙根秀骨，才有此仙緣；而且，九劫神尼必命門人贈以重金，始將女童帶走，所以大多數人雖覺得從此骨肉離散，但對九劫神尼並未有惡言。」

「未有惡言，不見得心裡就服。」

「那次蕭秋水到了恒山腳下的牛舖村，便看到有一對年老夫婦，摟著小女兒哭得哀哀切切，蕭大俠一問之下，才知道九劫神尼看上了這女童的慧根，要收她爲徒，遺下金帛，要這對老夫婦把女兒送上山去。那夫婦年老，膝下只得這麼一個女兒，焉能不悲？但如果他們不捨，又會被村民責爲不敬神明，甚至逐出鄉鄰，所以只有淚眼相對，抱女痛哭了！」

「九劫神尼怎可這樣做？奪人子女豈是佛門中人所爲！」

「九劫神尼也並不常常如此恃強，反而周賑鄉民的多。她因太鍾愛這女童的慧根仙骨，所以才偶作強徵。壞就壞在九劫神尼當年受苦太多，而她能忍苦成佛，倒把自己高估了，自以爲是仙佛托世，便剛愎自用。偏在芒碭嶺上，有一塊飛來石，足有九人合圍，每次恒山殿正面大鐘敲響九下，相隔百里的飛來石就會晃動，輕叩地面三下，相應相和。據說是九劫神尼在掌門之位後才有此奇象，自此九劫神尼越發以爲自己是獨具仙緣，而民間亦傳九劫神尼是菩薩化身，更加崇仰，瞻拜仰儀。」

「唉，一個人一旦被封為神佛，再英明神武，也要變成糊塗人了。」

「所以那對老夫婦就算不情不願，也不敢吭聲，因為能被九劫神尼看中，還算是得天獨厚呢。」

「豈有此理！難道舉世滔滔，沒有人敢向九劫神尼斥其不是麼？」

「那倒不是，當地官員，亦多信神佛，而且，恒山派賑濟捐獻有功，平時又從無劣跡，此事又非強奪，當然不會去多管閒事。」

「武林中人也不管了麼？」

「你要知道當時九劫神尼的劍法，是天下一絕，『北嶽神劍手』陳開花的『遊魂劍法』名滿天下，結果仍得敗在九劫神尼劍下。『天下一聲雷』雷天罡『三十七路破碑手』，冠絕群雄，結果仍得在『雪花神劍』下俯首稱臣。也不是沒有武林人敢插手類似的事，『三招不了七招了』瑞小天、『雁蕩飛鳳』汪劍絹，都曾上恒山跟九劫神尼理論，主要是看不慣她立的怪規矩，最後破臉動手，兩人都傷於九劫神尼手下，瑞小天還差點下不了恒山，自此之後，不少男子，上得了恒山，都下不了來。」

「太霸道了！太霸道了！」

「所以蕭秋水聽了，才要出頭。」

「他早就該出頭了。」

「這也不然，武林同道，本應免傷和氣才是，蕭大俠姑念九劫神尼成名不易，不想她數十年道行一朝毀，但又不想她執意妄爲，反成禍害，所以才謀定後動。」

「如何謀定？如何後動？」

「他先打聽清楚，九㓕神尼所犯的種種妄戒。然後又到芒碭嶺探查，再向曾經上過恒山殿拜佛的婦女打探，知道九劫神尼除了拜佛、唸經、習武、練劍之外，別無所好，只養了一缸『龍溪錦鯉』，肥大通靈，每當九劫神尼餵飼之際，必冒上水面跟九劫打招呼呢，所以九劫愛極了牠們。」

「『龍溪錦鯉』？有名的哩！」

「不就是麼！蕭大俠弄清楚一切之後，並在當地找了位文墨先生，叫做童彥倫，好不容易說服了他，一力保證平安往返，才一道赴恒山。」

「蕭大俠找了個書生去幹啥？」

「這就是蕭大俠苦心處。他知道此去如果不能說服九劫，必然被迫動手，要是他非九劫之敵，後果當然不堪設想，但只要他一力承擔童彥倫是他硬扯上來的，九劫並非本性怙惡之人，不至於把童夫子也殺了。如果蕭大俠獲勝，至少有個旁證，日後蕭大俠在江湖上便不提勝負一節，只說童夫子和自己懇言相求，九劫終於慨然相允，修立規矩，這樣大家臉上都好看些，不讓九劫神尼下不了台。」

「想得周到，想得好！」

「但周到也有周到的誤事。」

「這怎麼說？莫非蕭大俠吃敗，連童夫子也喪了不成？」

「你且聽我道來。蕭大俠上得恒山……」

「慢著，是跟那位童……童什麼的一道？」

「當然是一道。要童彥倫自己上去，他才沒這個膽氣呢！恒山派的弟子先在『金龍峪』、『虎風口』、『恒山坊』設伏，但三道劍關，皆被蕭秋水以指爲劍，輕易破去——」

「了不起，了不起，恒山派的劍法，遇上蕭秋水，可成了以卵擊石——」

「現在你說還是我說？」

「你說，你說。」

「你要聽還是不聽？」

「我聽，我聽。我這就閉口、住嘴，您老請說。」

「……最後上得了恒山殿，竟不見九劫神尼。後來見神龕供奉著一位白衣菩薩，森然抱劍，突然發聲，才知道這就是九劫神尼。原來她把自己當作活神仙了。童夫子一見這白衣冷劍的羅刹，嚇得雙腿打顫，竟立不起來，忙分辯說上山非己意，純粹是給蕭秋水逼的。蕭秋水見這殿到處都掛著或奉著九劫神尼的肖像及塑像，便知道這女尼已當自己爲神。九劫這時指著蕭秋水罵道：『姓蕭的，我聽說你是世間第一奇俠，沒想到竟這般狗屁不通！』蕭秋水笑道：『神尼，我這是專誠拜會，怎麼一見就動真怒！』蕭秋水便向九劫婉言陳辭，勸她不要強徵女童，也不該定下『此山不得男兒上』的怪規矩……」

「九劫神尼怎麼說？」

「她當然沒好氣，只說：『我選上她們，是她們之幸，我是仙家轉世，豈容你們這些凡人褻瀆。』蕭秋水說：『妳有極高的修持，我是佩服的，不過，我們都是人，不是神。』九劫神尼大怒：『你這凡夫俗子，我教你上得恒山來，下不得去，我創的雪花神劍，便是天意要我天下無敵。就算是觀閣前的一池錦鯉，爲我豢養，亦已通靈。』蕭秋水只好道：『我不想當和尙，只好會會你的雪花劍了。』只聽吧騰一聲——」

「怎麼？」

「童夫子竟嚇得暈了過去。」

「嘿。」

「於是，九劫神尼便跟蕭秋水動起手來。九劫神尼一照面便處處進迫。九劫雖是佛門中人，劍招卻招招以攻代守，敵人遇上，只有死或敗，沒有反攻的餘地。」

「這，這——」

「以蕭大俠的武功，竟被對方搶攻了一百招，沒有還手的餘地。」

「不好了。」

「不過，日後江湖上亦有一說，猜叵蕭大俠便是想摸清『雪花神劍』的劍路，再作反擊。也有人說，蕭大俠是故意讓招，挫一挫九劫的銳氣，或教她知難而退。」

「那麼九劫退了沒有？」

「你不打岔，早就說到結局了。」

「是，是，我沒說話，沒話說。」

「到了第九十招，已把蕭秋水迫到飛瀑斷崖前，崖邊也立有九劫的塑像，九劫久戰無功，轉使『素女劍法』，更是凌厲，及至第一百招，正好使到『雪花蓋頂』，蕭秋水半身後仰，才躲得過去，九劫此際已知蕭秋水確有過人之能，把心一橫，痛下殺手，一招威力最猛、殺度最烈的『天下有雪』，騰身下刺蕭秋水，蕭秋水只有兩條路，一是被刺死，一是掉下深崖去——」

「那不也是死！」

「哎。」

「結果呢？」

「蕭秋水出劍了。」

「他——」

「他長嘯一聲，一劍就削斷了崖邊九劫神尼石像的頭，那石雕的頭落入潭中，九劫神尼猛然一怔，蕭秋水劍由下而上，點住了九劫神尼的咽喉，但並沒有刺下去。」

「驚天一劍！驚天一劍！」

「對！這便是蕭秋水當年遇險即興而創的『驚天一劍』。蕭秋水的劍一出，崖上塑有九劫神尼石像的小池裡，錦鯉一尾一尾的相繼躍起，然後又落入水中，蔚爲奇景。」

「當真是奇景啊。」

「蕭秋水一劍得手，便說：『你看，連魚兒也高興看妳輸招。』說著便把劍遞給九劫，問她要不要再戰？」

「九劫怎麼說？」

「九劫頹然棄劍。」

「好哇！」

「九劫心喪欲死，便說：『我敗於你手，連魚也躍出水面，大概是天意如此。』蕭秋水這時便委婉的措辭，告訴她這並非什麼天意，龍溪錦鯉一向通靈，對音調反應向來敏銳，聞尖嘯劃空，多躍出水面。至於芒碭嶺上飛來石與恒山大鐘相應，乃因天然石壁反射回音，激起風力，故飛來石亦略之動，自古以來便如此，非因九劫才有，亦非什麼神蹟。蕭秋水並向九劫神尼婉言相勵：對方只是一時心傲氣浮，輸了一招半式，不能便定勝負，而神尼當年受苦，如今成道，應以渡眾生爲持，不必立下諸多無謂規矩，奪人骨肉，反在無意間造孽。」

「九劫神尼聽勸麼？」

「九劫遭受此挫，已心灰意冷，頓悟自己確實是人非仙，先把囚禁著那些誤闖恒山的男子逐走，再喚眾女童出來，問明可想下山否？這一問之下，始知人人俱想回到凡塵，只有一仙風慧骨的小女孩願意留下來，便是日後的雪峰神尼。九劫特別疼她，傾囊相授，傳以衣缽。這事之後，九劫神尼靜心修持，再也沒有強徵門人的事。」

「可惜啊可惜。」

「可惜什麼？」

「可惜九劫只改了不再奪人的心肝寶貝，但恒山重地，仍不准男子進入，以致日後另起爭端。」

「這都怪那童彥倫了。」

「卻關他什麼事？」

「童夫子眼見蕭秋水得勝翩翩然下山，九劫神尼心頹氣沮，童夫子怕九劫一個變臉，不放他下山，便在九劫面前，說盡好話，說什麼規矩不可廢，唯徵童女大可不必云云，極盡阿諛討好。九劫神尼對男子素有成見，極不欲廢去已立成規，經童夫子這般一說，九劫便決定不再強收門徒，但門下規約，依然不改。童夫子也歡天喜地的下山了。」

「這人真是……」

「不過，要是沒有他，這名動江湖的一役，又怎會遍傳天下呢！」

「說得也是。要不然，我可還真沒這個耳福呢！文章憎命達，魑魅喜人過，真是說的一點也不錯。」

稿於一九八五年十月廿六日

初會梁應鐘、蔡衍澤與小方、小

華聚於劉紅芳家

再校於一九九〇年一月十六日
狄克「愛殺」刊出除夕大宴情狀
及「溫瑞安武俠」特價廣告
修訂於一九九三年十月三十日至
三十一日
方與小能申請得入中國大陸簽證
／康解決健威住宿問題

二　神相李布衣

「欲知前世因，今生受者是；欲知後世果，今生作者是。」

「怎麼？你要開壇說法不成？」

「非也。我是在感慨。」

「天下事莫非如是，有什麼好感慨的？」

「我在感慨招員外和刁氏兄弟的故事。」

「招員外？刁氏兄弟？」

「九釜山招尙慈你也不知道嗎？」

「哦，招大善人啊，誰不曾聽過！他善名天下聞，你叫他招員外，我還不知就是招善翁呢！你提起了九釜山，我才想起，招善翁便是在九釜山起家的。」

「刁氏兄弟原本也是在九釜山腳下起家的，只不過招善翁是在山陽的龍圍鄉，刁氏兄弟則在豹頭鎮出世；招善翁至少要長刁氏兄弟四十年，原本並不相識，沒想到日後都發了跡，碰在一起，生出了這許多事……」

「你說的刁氏兄弟，莫不是『潑風萬勝刀』刁千帆刁老英雄的後人？」

「便是刁勻、刁勾兩兄弟。」

「刁勻、刁勾？原來是刁千帆的兒子！他們日後不是加入了羅祥主持的西廠，成了作惡多端的番子嗎？沒想到卻是刁老英雄的後人！」

「刁千帆的『潑風萬勝刀』，可以說是武林一絕，他的人脾氣雖大，卻是行俠仗義之士、愛打抱不平，結果，吃了幾次官司，落得一身貧病，連刀法也只傳了刁家兄弟不到五成，便撒手塵寰，一瞑不視了。」

「當真是英雄落難。」

「何止落難，連個安葬的地方也沒有呢！幸好，他們茅屋後本有一方小水塘，後來漸漸乾涸了，結了實泥，刁氏兄弟傷心之餘，便想把老父安葬在那兒，可是，兩人把錢掏出來，連買副棺材的錢都沒有，於是只好把家裡三柄單刀，拿去典當，以此來兌錢安葬刁老英雄。」

「真可憐。刁家兄弟孔武有力，他們各得刁老英雄五成真傳，在武林中已算是立得起旗杆了，不過，就是不學好，遊手好閒，只結交了三教九流的酒肉朋友。刁千帆一死，刁氏雙雄本想當掉兵器，但回心一想，又覺不値，便糾合那一干豬朋狗友，想冒險行劫，搶它一票，便可為亡父風光大葬。」

「嘿，聽來用心良苦，他們這般作法，只怕刁千帆死難瞑目了。」

「他們還在亡父遺骸前上香哩。刁勻泣稟道：『爹爹，你保佑我們順利得手，撈一大筆回來，再為你鋪排殮葬。』刁勾也哭說：『爹，你窮足了一輩子，咱兄弟也窮了半輩子了，不搶是不行了，你在天有靈，就保佑保佑我們罷。』他們那群狐群狗黨，倒是聽服刁家兄弟的調派，都為了替刁氏兄弟籌款葬父搶劫。」

「這也算是義氣？」

「這只不過是瞎起哄，不過，畢竟要比有福同享有難不相共的無義之徒來得強一些。」

「難道……你剛才說，刁氏兄弟跟招善翁生了事，莫不是他們……去劫招家？」

「這倒不是，這時候，招善翁還沒有發跡。刁勻、刁勾糾合了七、八個流氓，去劫『豹頭鎮』杞家的錢。」

「杞家？」

「杞南風是在吏部當官，家裡很有點財力。刁氏雙雄直闖杞家，把杞家老幼抓了起來，正想大肆搜掠。不料堂前停著一副棺木，追問之下，杞家老幼全哭了起來，杞家有一位姓克的管事，比較見過世面，囁嚅道出因由，刁氏雙雄才知道原來杞南風因附同東林黨，被錦衣衛頭子馬永成進讒，下獄毒死。杞家財產，一概充公，連這屋宇田地，不久也將被查封。杞家大小，投靠無門，悲不欲生。堂上停的棺槨，正放著杞南風的屍首。」

「閹黨可恨，天理難容，刁氏兄弟竟……劫得下手？」

「就是劫不下手。刁氏雙雄還把餘下的一點銀子，贈恤給杞家老太，黯然而去。」

「刁氏兄弟回到茅舍，發現禍不單行，刁老英雄的遺骸竟給野狗拖嚼，少了一隻腳板，而他們連手上的一點銀子也給了人，悲痛之餘，把刁老英雄匆匆埋了。」

「真慘。」

「可難說。禍兮福所倚，福兮禍所伏。塞翁失馬，焉知禍福？過了九天，那姓克的管事竟找來刁家，把刁氏雙雄都嚇了一跳。」

「他來幹什麼？刁氏雙雄可沒搶財劫色，也沒難為人家！」

「便是。原來杞家已被發配充軍，克管事認得刁氏雙雄，那晚目睹刁家兄弟的義行，又聽到他們父親新喪一事，便找上門來，主要是因他懂堪輿之術，想自告奮勇，替刁老遺骸找個好穴位，不收分文。刁家兄弟這才知道克管事不是帶人來抓他們，這才放了心，便給克管事引路，到刁老英雄的墳上去。不料，克管事一見墳地，即變了臉色，跺著腳切齒的道：『浪費了一個大好的穴地！』」

「為什麼？」

「刁家兄弟也忙問：『為什麼？』克管事歎著氣告訴他們，原來這塊地俗稱『糞頭』，是三爛九絕之地，否極泰來，除非死者必須要天葬，還要四肢不全，更不能覆以棺木，掘地要深逾八尺之行，因地氣已洩，不能掘地重葬，並需在九天後，移屍再埋，原地改種菖蒲，才能聚穴位之精華。刁氏兄弟一聽，跳了起來，忙表明葬時無錢買棺木，且因人多，掘土甚深，當時野狗噬屍的事，並剛好這是到了第九天頭上，克管事聽罷大喜，即令重掘，要移屍他葬。刁氏兄弟將信將疑，克管事道：『這是能庇蔭後人大富大貴的穴位，決不可把地氣白白洩了。』於是三人動手，掘出餘骸，忽見坑裡有兩把手叉子，原來正是那晚刁氏兄弟搶劫，插在腰畔防身的，悲愴匆忙間遺下在坑裡，克管事仰天長歎道：『天意，天意！』……」

「又什麼天意了？」

「這卻不是好事。原來這穴位是見不得金器的，一旦見兵刃，則富不耐久，貴不堪留，暴發暴斃。且不能見金，見金則凶；亦不能遇布，遇布則危；更不能逢水，逢水則亡。」

「怎麼會這樣玄？什麼叫見金？什麼叫遇布？又什麼叫逢水？」

「刁氏兄弟也是這樣問，克管事卻說：『日後你們自然便會知道，願多作善事，常懷善心，自消災解厄。』刁氏兄弟都有些莫名其妙，更不以為然。說也奇怪，過了不久，刁氏兄弟的一身武功，竟為西廠頭子羅祥所重用，成了他的親信爪牙。刁氏兄弟一旦得勢，便作威作福，強辱民女，殘害忠良，魚肉百姓，可謂無惡不作。」

「我呸！這樣富貴法，不如不富貴！」

「許多人一朝得勢，便忘本來。起初克管事亦替他們管賬，後來見他們實在鬧得不像話，也黯然別去，臨行前還揮淚說：『是我害了你們。』刁氏兄弟以爲他心生叛逆，著人攔途把克管事殺了。」

「豈有此理！刁氏兄弟一入閹黨，人心大變了不成？刁老英雄一生耿介，泉下有知，如何瞑目？只不過……這又關招善翁啥事？」

「招善翁在六十歲以前，都很貧寒，只不過他窮雖窮，行善如常。招善翁每到街上，只要看到被人遺棄的小狗小貓，或餓得奄奄欲斃的小動物，必定加以飼養，或買下放生，或抱回家裡撫養，對蛇、狼這等惡毒獸類也不例外，至於遇上乞丐、貧窮的，更加體恤關照，以致他每次外出，不但人人都稱他『招善人』，連每頭的貓狗都喵喵、汪汪的向他招呼。他只是一個編草鞋的，但被人稱作『招善人』，可見行善全憑心意，不分貴賤啊！」

「招善翁真名不虛傳。」

「有一次，鄰家財主特別關照招善人，讓他打了一百雙草鞋，得了一筆小錢，路上遇見一位外來的青年相士，相士看了他一眼，咦了一聲，再站定端詳他的顏面。招善翁以爲相士要招攬生意，便要贈帛，相士搖頭謝拒，只說：『去買塊地吧，愈大愈好，愈荒蕪愈妙。』招善翁莫名其妙，但見相師器宇不凡，想想也想買塊地以終老，把那些可憐無依的小動物和貧寒孤兒，覓一遮風蔽雨之處，便在九釜山陽買了塊高地，不料……」

「不料什麼？」

「你道這塊地裡有著什麼？」

「有著什麼？」

「黃金啊！招善翁本待閒來耕作，不料卻掘出了金礦。鄉人中有專冶金銀的，都自告奮勇，來替招善翁開採。這一發掘，金礦源源不絕，偏是除了這塊荒地，到處連半點銀都無。招善翁從此發達，人人都說善有善報，招善人成了招員外，他第一件事便把原先地主找來，金礦收益，還贈他一小份。又四處打聽那相師的下落，終在鄰縣找著了他，懇意力邀，願常年供奉。相士始終微笑不允。只說：『禍福無門，因人自招，招員外行事仍持善心，萬勿忘形。』可是招善翁仍三番四次力邀，盛意拳拳，相士便說：『你跟我在前山最面風向陽處，起了一間屋宇給我，每月供我八十兩銀子，如何？』招善翁口裡連忙作允，日後，也真的在相師指定之地建屋，還按月囑人把銀子呈上……」

「那相師拏這麼多的銀兩幹什麼？他真的愛財麼？」

「這裡面可有下文。招善翁暴發後，可忙這忙那，便不得暇重訪相師，也把此事忘了，只吩咐長工賬房，把錢按月送去。招善翁也行善如故，和藹如昔。如是者過了大半年。這時候山陰刁氏兄弟的頂頭上司羅祥，竟被刺殺，刁氏兄弟生性好賭，暴富後更濫賭，弄得告貸無門，加上一些九流術士和心術不正的堪輿師，在刁氏兄弟耳邊進讒，說什麼山陽招尙慈在前山截了你的龍脈，應想個法子治他云云。刁氏雙雄因心生毒計，竟向錦衣衛頭子馬永成密稟，以得馬永成的信重。果然，馬永成假公濟私，以招員外私掘國寶爲名，家產、礦場一概充公，歸刁氏兄弟接收。」

「哎呀！這樣一來，招善翁豈不又打回原形了。」

「本來無一物，何處惹塵埃。富貴本是浮雲。只不過，招善翁正徬惶無計，忽有小廝來請，招員外心中疑惑，直至到了那屋宇前，只見佈置幽雅，隱約記起這是當日自己命人爲相師所建之屋字。這時，相士自內廳步出，笑著告訴他：『我早料有此劫，替你在此龍脈留住了龍眼，任誰奪去了龍身都無用，徒招災害而已。此時此地，注定要有兩家致富。但一得凶終，一得善終，只憑個人修持。』招善人這才知道，相士把他按月的銀兩，把街頭上的乞丐、貧病之士，乃至貓狗禽畜，全收養此處。使招員外有此存身終老之地，他自己卻一文不取。」

「這相士莫非是神仙中人，難道他是……」

「你別忘了，招善人雖有著落，但刁氏雙雄並不放過，偏是礦場易手後，遇上北河氾濫，礦場全灌了水，礦場全坍塌了。馬永成遷怒雙刁，雙刁掛怨於招善人，竟惡向膽邊生，又聞說招善人在山陽處過得不錯，便學當年故技，深夜持刀，要劫招員外出氣。」

「哎呀！」

「還好，他們一翻進牆來，就遇上了那青年相士。兩人施展萬勝刀法，非但不得一勝，且連那相士的衣袍也沾不上。相士一掣長竿，一招便打落二人手中的刀。竹竿一抖，原本收捲在竹竿上的白布，便霍地揚了起來，上面書寫著五個大字……」

「什麼字？」

「『神相李布衣』。」

「啊，是李布衣，果真是李布衣！」

「刁氏兄弟這時候也省醒了，想起克管事曾說過：『見金則凶、遇布則危、逢水則亡』的話，而今真全碰上了，忙掉頭就溜。李布衣叱道：『克用山是我的師侄，他不學武功，只學堪輿，對你們有心相助，你們卻不感念恩情，還不放過他！』揚手打出兩片珓子，打碎了刁勻的左足踝和刁勾的右膝蓋，兩人負痛蹌踉，仍沒命的逃，欲奔回佔據爲己用的招善人大宅子。不料，恰好遇上洪流奔瀉，把兩人捲進礦洞裡，活活淹死……」

「真是報應不爽！」

「所以我才有感歎。」

「你的故事可真不少！」

「問渠哪得清如許？爲有源頭活水來！江湖上天天發生著那麼多有趣的事，又有這麼多有趣的人物，我怎會沒有話題？」

稿於一九八九年十月廿八日

洪生兄來札謂郭小姐進行事而作「第三類接觸」，宋先生謂事情「大有進展」

再校於一九九〇年一月廿三日溫、陳、梁、何、嘉玲、龍合、志榮、志清、東出版「納蘭一敵」，歡聚於太湖

三修於一九九八年二月一至四日予念三百／溫梁何康聚於潮州牛肉店／新鴻補寄作者簽名書簽／梁激怒我方／溫宋楚葉聚餐於炭燒咖啡

三　冷血的血

「噯，你怎麼坐在這兒悶悶不樂？」

「我是坐在這兒沈思，但想東西不見得就是不快樂，有時候，任由心中思潮起伏，無拘無束，也是一種享受呢！」

「說的也是。人不可以貌相。正如雪峰神尼，一向臉冷心慈，冷血此人也名冷人熱。」

「冷血？你是說『四大名捕』中的冷血？真奇怪像他那麼個熱心腸的人，怎會有個這樣的名字！」

「這你就有所不知了，其實『四大名捕』裡的無情、鐵手、追命、冷血，當然都不是真實的名字。無情原叫盛崖餘，他自幼殘廢，無法學習內力，只好以暗器取勝，出手無情，所以江湖上稱之爲『無情』，鐵手原名鐵游夏，練的全是手上功夫，摧金裂石，故人取其外號爲『鐵手』，追命長於輕功，腿上功夫更是武林一絕，故名『追命』，他本名是崔略商。冷血原名冷凌棄，他的劍法招招進逼，無一招自守，勇於搏命，連武功比他強的人也拚不過他，所以才會有這種外號。」

「原來如此。無怪我唸起他們名字的時候，總是怪彆扭的，世上怎會有人叫這種名字？原來是外號！看來，把冷血叫做『流血』，也無不可呢。」

「不可不可。」

「哦？爲什麼？」

「以冷血的爲人，要改他的名字，也該改爲『熱血』才對。」

「何以見得？」

「因爲他只讓惡人流血，仇人濺血，對好人，他寧可自己淌血，遇上講義氣的漢子，他一腔熱血！你難道沒聽說過他和小黑龍的故事？」

「小黑龍？江湖上，武林中，用『小黑龍』這種名字的，沒有五百，也有三百五，我不知道你指的是哪一個『小黑龍』？」

「就是那個愛穿全身黑衣黑扣黑褲黑皮靴黑手套黑披風腰畔繫一把黑劍的『小黑龍』，他曾是『關唐雙霸天』的結義兄弟之一。」

「『關唐雙霸天』？你說的是關霸天和唐霸天？這跟冷血又有何關係？」

「除了他們還有誰！如果你記憶力還可以，當會記得冷血曾爲了追捕一個無惡不作的大盜吳雙飛，橫渡大沙漠，遇上風暴，水袋糧食盡失，捱了五天五夜，眼看支持不住了，恰好遇上了小黑龍……」

「小黑龍救了他命？」

「沒這麼簡單。小黑龍那時因不值關霸天和唐霸天所爲，起了衝突，小黑龍生怕雙霸天的手下追殺他，便逃入大沙漠，也迷了路，手上只剩下一天的水和半天的糧食……」

「小黑龍先前認不認識冷血？」

「當然不認識。」

「這可……可有點爲難了。」

「小黑龍遇見冷血的時候，冷血已渴得奄奄一息，憑他的武功，要奪水壺是不算太難，但冷血又怎會做這種事！」

「可惜這種事，在世間裡，天天都有人做著，有的人天天都在做。爲自己生存而抹煞別人生存機會的事，一旦做多了，彷彿不做才不是人。」

「說的也是。不過，小黑龍毫不猶豫，就把自己僅剩的食水和乾糧，遞了給冷血。」

「好一個小黑龍！」

「冷血也只飲一半，吃一半。」

「結果呢？」

「好人有好報，他們終於在半天後找著了綠洲，誰也不必葬身於大漠。」

「這就是所謂的『蒼天有眼』了……不過，聽說後來『關唐雙霸天』不是犯了瀰天大禍嗎？」

「一點也不錯。『關唐雙霸天』總共有結義兄弟一十五人，其中老大姓關，老二姓唐，故江湖人稱之爲『關唐雙霸天』，其實是把他們一十五人的組織都稱呼進去了，而小黑龍係在裡面排行第九。他本想脫離『關唐雙霸天』，鬧得很僵，後來不知怎的，年輕人火氣上得快，消得也易，後來又在一起，成了一黨，禍福與共。他們原本是一群氣味相投、練過武功的年輕人聚嘯在一起，後因膠州大旱災，他們苦無出路，就成了流寇，打家劫舍，無所不爲。」

「唉，其實有很多江湖人，身懷絕藝，只要給他們一條正途坦道，自己也肯勤奮務實，就不致淪爲魔道了。」

「魔俠原只一線之隔，有時候是時勢造成，有時候也要看意志是否堅定。『關唐雙霸天』等幹了幾大票之後，原也想洗手不幹了，但他們個個能吃會花，不多久便把手上銀子花光，不想走老路，便在濟州一帶表演雜技兼賣武營生。」

「這樣也好哇！不偷不搶，自食其力，雖然是辛苦一些兒，總比當強盜好上百倍！」

「可惜還是出了事兒！濟州有幾個鄉鎮，像月牙鄉、快馬驛、荊山縣、蕭河渡、鐵齒集子等地，地僻人心齊，十分排外，每次有外地人來賣藝，總是喝倒采，就連月牙鄉的鄉長程紛也在裡面幫著起哄。『關唐雙霸天』的人天天上場子，玩雜技，較臂胳，可是台下的鄉里們盡在笑謔作噓，說他們假對假，沒帶功夫就上陣，偏是關老大、唐老大跟當地縣紳簽了契約，不得不忍辱表演下去，否則得照賠損失，於是只好咬牙苦忍，真刀真槍的對招，還拚出血花來，但那些鄉里們依然說他們賣假，噓哨哄堂……」

「這太過份了！也不過是買票子看場戲，他們要看真格，何不自己落場子表演去！」

「這就所以鬧出事體來了。有次程鄉長跟一干人看戲的照樣笑鬧，小黑龍一時氣忿失神，被唐老大的軋把翹尖刀撩了一下，血流如注，看的人還笑他窩囊，關老大在後台按捺不住，一把跳出來，關起場子栓大門，紅了眼睛，提刀就殺！」

「這怎麼可以！」

「關老大刀一見血，唐老大也衝下台來，一口氣殺傷幾人，他的兄弟也紛紛動手，殺得鬼哭神號，看鬧子的人怎料有此變，縱有會家子在，也無法招架。小黑龍見事態嚴重，大呼喝止，但反被唐老大叫去追殺程紛。」

「他真的殺了程紛？」

「這倒沒有。小黑龍只打倒了程紛，在他腰眼子不是要害處扎了一刀，心念跟他往日無冤，近日無仇，便是叫他乖乖伏下，佯作死去。那程紛血流不止，早已三魂嚇去了七魄，伏在地上，動也不敢動。小黑龍倒是對其他的人都沒殺傷過，事後被關老大、唐老大重斥一番，說他竟置身事外，枉他們爲他出氣。」

「這下禍子可闖大了。」

「這十四、五人，發起狠勁來，殺傷了一場子的人，眼看差不多了，氣消了，這才停住了手，跟著都慌了起來，知道這件事定必驚動刑部，便重作馮婦，在七星蕩上作流寇去了。」

「唉，這叫自作孽，不可活。」

「也叫自投羅網。『關唐雙霸天』要上山落草之前，關老大和唐老大都有個共同的姘婦，叫做水仙，這個水仙，是個名妓，生得貌美如花，擅長媚術，把關、唐兩位老大都收得服服貼貼，要在未『上山』前跟她一敘，但這水仙卻獨具慧眼，外表跟老關、老唐敷衍，心底裡只對小黑龍真心相許，柔情暗繫……」

「英雄難過美人關，我看這亂子可愈來愈大了。」

「他們算不上是英雄，只勉強能算是半個好漢，但好漢一樣過不了美人關。水仙貪圖懸紅一百兩銀子，一面穩住『關唐雙霸天』，一面著人去通報官府，而暗裡因顧惜小黑龍，又知道他必顧全義氣，便假借著託詞，把他遣走。這一來，大批官兵，包圍了『關唐雙霸天』，而因此案曾鬧得傷亡慘重，案情重大，四縣十三鄉聯名求緝兇徒，辦理此案的刑總何嘉我特請『四大名捕』中的冷血，親自緝捕兇徒——」

「啊，『關唐雙霸天』完了。」

「完了。要是別的捕役，恐怕是攔不住這十四名硬手，差些便給他們殺出重圍，但冷血一到，憑一把劍，便把十四人都刺傷倒地，一一伏擒。」

「可是那小黑龍……」

「對，官府一點人數，也知道是缺了一人。那小黑龍後來得悉此事又打探清楚，是水仙報的官，過了兩天的夜裡，便跳進跨院，揪住水仙……」

「不可以！」

「怎麼？」

「水仙重情，報官時可是先遣走了小黑龍，他怎能對她施辣手？」

「但小黑龍重義。他雖不值『關唐雙霸天』所爲，不過他們結義在先，兄弟既然罹難，他不能不爲他們報仇。」

「哎唉，這叫做情義兩難全。」

「話說小黑龍手起劍落，只砍了水仙一劍，水仙哎唷一聲倒地，一人就破窗而入，大喝一聲：『住手！』你道他是誰？」

「冷血！」

「當然是他！」

「可是，他要捉拿小黑龍嗎？小黑龍曾救過他呀？」

「冷血心裡何嘗想抓自己的恩人，可是法理難縱。兩人在燈下一照面，兩下分明。小黑龍情知自己敵不過冷血，便坦言道：『我也砍了水仙一劍，替大哥、二哥和兄弟們報了仇，他們作惡傷人雖是不該，但對水仙有情，她不該告密。你要抓就抓吧。』他那一劍，只砍在水仙左臂上，決不致命，只痛得水仙臉都白了，但仍央求冷血：『他傷了我，我不怪他，你放了他吧。』」

「這位名妓忒也很重情。」

「婊子也有重情義的。就在冷血爲難之際，何嘉我及程紛等人也得訊趕了過來，何嘉我一上來，就一掌把小黑龍震得重傷，他是有名的『鐵臉刑總』，從來執法如山，向不輕恕。程紛當場還在指證，小黑龍也確是『關唐雙霸天』的人，於是乎證據確鑿，依照其他十四名落案要犯的下場，一旦押上官衙，都是收監候斬的下場。」

「不過，小黑龍可沒殺人呀！」

「便是。小黑龍也不抗辯，只對程紛冷笑說：『說良心的，我不留你那一刀，能輪到你今天來指誣我！』程紛聽了，有些慚愧，冷血馬上看出來了，詰問之下，才從程紛口中得悉，在那一場砍殺事件裡，小黑龍除了刺程紛一刀之外，一直就護在程紛身邊，未動手傷過任何人。」

「照這樣說，小黑龍爲勢所逼，理應無罪。他傷了水仙，水仙也不想告他，這該可以放小黑龍一條生路了吧？」

「可是『鐵臉刑總』何嘉我卻不認爲如此，小黑龍曾爲流寇，也理應定罪。不過，水仙當場指出：小黑龍脫離『關唐雙霸天』的時間，正好是那一夥人在別處打家劫財的時候，小黑龍也可算是並無參與搶劫盜掠的行動。」

「這一下總該可以放人了吧？」

「不。」

「又有什麼麻煩了？」

「程紛。」

「他？」

「他不甘心被小黑龍捅了一刀，他說，除非讓他刺回一刀，讓小黑龍同樣流血，否則他決不甘心。」

「小黑龍已給何嘉我的『大力金剛手』震傷，如何還能捱他一刀？」

「照呀！冷血挺身就說：『程鄉長，讓我來代他受這一刀。』程紛冷笑道：『冷捕頭，你大仁大義，但我只怕你受不了。』冷血也不多說，只在他面前一站，雙手抱臂，道：『好，只要這一刀能洩你的氣，冷某決不報仇。』」

「有種！結果刺了沒有？」

「刺了。刺在腰間，刺得好深。程紛本對冷血就有點宿怨，趁機刺了他一刀。血流了一地，冷血還神色自若，扶起小黑龍，逕向鐵臉刑總問道：『我們可以走了吧？』程紛正待追殺，但爲冷血氣勢所懾，又礙於何嘉我的面子，不敢再下殺手。何嘉我本來就有意成全，但只怕冷血支持不住。冷血說：『不必費心。』遂把小黑龍扶了出去，那時候，刀鋒還嵌在冷血腰脅之間呢！」

「好！小黑龍當日給冷血飲的水，這時候流成了血。」

「你說這血，還是不是冷的？」

「熱血！英雄的血！」

「這段故事，曾在兩位前輩的江湖奇俠傳等書中出現過，也在很多人口裡流傳，但我每說一次，血總是熱一次。」

「所以，看來你整天板著臉孔，一副漠然的樣子，其實也是個熱心人呢！」

「彼此彼此！」

「好說好說。」

稿於一九八六年一月十日方離意決

校於一九九〇大年初二（一月廿八日）

台灣「皇冠」刊出「寫給愛人的幾句話」及「冷血小刀」宣傳

再校於一九九八年二月五至八日

試睇我是誰，惹怒／梁傷我指／到處搵VCD／葉公函太差要吾

代筆，恚／儀申請再見大德／方
何買棉被，遇唐和平／能傷康可
惡／三劍客食於圓明園葉埋方／
念電其妹在加拿大見到壹周訪我
／雨生日賀忽屎／始睇戇豆系列
好笑／芬欲約見婉拒之

四　追命的命

「南無阿彌陀佛，善哉善哉。」

「怎麼？閣下出家當了和尙耶？」

「非也非也，我每次想起追命在『金印寺』的作爲，便覺得功德無量，善莫大焉。」

「追命？你是說『四大名捕』中的老三，原名崔略商的追命？」

「除了他，還有誰！算起來，四大名捕裡要算他的年紀最大，性格也算他最詼諧，他本是落魄江湖的失意人，後來帶藝投師，得入諸葛先生門下，所以江湖經驗特別豐富，四大名捕裡，閱歷要算他最多。」

「不過，聽說在諸葛先生門下，是以先後入門爲序的。四大名捕中，冷血年紀、輩份都最輕，聽說他是在野外飲狼乳長大，在森林裡習慣弱肉強食，難怪他拚起來這般兇狠。無情大不了冷血幾歲，卻是四大名捕之首，據說他父親是個好官，就是因爲太清廉耿正了，所以全家被仇人害死，連小孩子也不放過，先廢掉他一雙腿子，正要殺害時，諸葛先生及時出現，打跑了兇徒，就把他收入門牆。因他身體羸弱，經脈受創，不能練就高深武功，故諸葛先生只能傳他奇門遁甲、佈陣韜略、以及輕功暗器。算起來他還是諸葛先生第一個門徒，同時也是最得意弟子呢。」

「無情還是暗器第一，在他手上，從不發暗算人的『暗器』，而他的『暗器』也從不淬毒，是以武林中『明器』的一宗，即由他始創。不過，四大名捕裡，修養最好、功力最高、人緣最佳的，倒要算原本是鏢師出身的老二鐵手了，他還比追命年輕上幾歲呢！」

「嗨，我們扯到哪裡去啦！你剛才說什麼『功德無量』來著！還提到追命，究竟是怎麼回事？」

「你沒聽說過金印寺嗎？」

「金印寺……莫不是那降虎頭陀和伏龍山人所主持的『金印寺』？」

「對了。你記不記得在『金印寺』一帶曾經發生過什麼聳人聽聞的事？」

「怎麼不記得！涼星山的金印寺香火鼎盛，寺中四大神僧：降虎、伏龍、金屏、銀扇，全精長於內家功夫，涼星山下四縣十三鄉的居民，都當這四僧是仙佛降世，每有疑難，必去稟求庇佑。後來不知怎地，發生了兩大奇事。一是四大神僧中的金屏和尚，突然發了狂、著了邪似的，跑下山去，把鮎魚溝的村民咬死無數，據說還吸髓飲血，十分駭怖，一時衙捕們都制他不住，大家都說：金印寺的高僧替鄉民驅邪辟魔太多，得罪了妖邪、魔頭，上了他的身，這下魔神合璧，法力更高，只怕是無人制得他住了……」

「結果呢？」

「結果金屏大師還是死去了。」

「怎麼死的？」

「恰巧追命要替代大師兄無情去辦一件大案路過鮎魚溝，便插手管這件案子，他也制不住狂性大發的金屏大師，一番惡鬥之後，追命只好格殺了他。」

「追命嗜酒，喝得愈醉，武功愈高。他的腿法與輕功可以說得是冠絕天下。金屏大師功力深厚，既然凶性大發，決難制服他，他也只有將之格斃一途了。還有另一件奇事呢？」

「那就是『武林四大世家』之中的藍元山，好好的西鎮鎮主不當，忽然到金印寺去削髮爲僧。」

「這下倒是湊齊了。降虎頭陀本就是金印寺主持，精擅『多羅吒天印』。銀扇羅漢本是少林派高手，『金剛不壞禪功』已練至第八層。金屏原是峨嵋山『萬年寺』的護法，『不死神功』亦極有造詣，加上藍元山身懷『以一功破萬功』的『遠颺神功』，可說是集各門內功高手於一寺。金屏雖然已經死了，但四大內力強手聚在金印寺，這可熱鬧了，只不過，藍元山一向雄心勃勃，爲啥要捨去在武林中有舉足輕重影響力的『西鎮』鎮主不當，卻跑去金印寺剃渡？」

「我要是知道，還用說是奇事？」

「對，這世上的事，要是清楚了來龍去脈，明白了原因，就不能算是奇事了。所以什麼卜籤、拜斗、排數、符籙、衝儺、喊魂、招魂，做道場、喊禮、虞祭、破血湖池，放焰口等，不但成了習俗，也成了神祕的事兒，不少男巫女覡，藉此裝神弄鬼，絕不是罕見的事。涼星山下一帶的鄉民，就是被什麼關符、斷家、立禁、下蹔所害，終日惶惶，求神拜佛，寢食不安。」

「什麼叫做關符？什麼叫做斷家？立禁和下蹔又是些什麼？」

「這些本來都是湖南的巫風，但也有流傳到其他省份。據說小孩子遇見帶有邪氣的孕婦，魂魄一時收攝不住，便會走入孕婦肚子裡，這就叫『走家』。高明的法師能招回其魂魄，並斷絕其魂魄不再『走家』，這種技法就是『斷家』。替幼兒作寄命符，可破種種關煞，那是『關符』。小兒防病，幼嬰失驚，孕婦難產，法師即以罈盛清水，以碗碟倒植案上，水不溢出，便是『立禁』。立禁又分種種名目，如立飛禁、犁頭禁、下壍等等。另外還有『收嚇』，即是病人因嚇失魂，因驚失性，法師作法，代為招回，或病家取病人的衣飾、毛髮、手跡，登高而呼，半夜號叫，即是喊魂。這些奇風異俗，在『江湖怪異傳』裡有過不少記載。」

「嘩，聽來倒十分可怖的，卻不知是否真有其事呢？」

「是不是確有其事，倒是人見人殊，人說人異；但這種風習，卻突然在涼星山一帶，十分猖熾，完全無法控制。」

「為什麼會這樣子呢？」

「原因很簡單：四縣十三鄉的小孩幼童，常常會在突然間失去神智，偶爾在街上走走，也忽然失魂魄似的，智萎神頓，形銷體弱，不多久便奄奄一息了；成人、婦女也都一樣，忽然病倒，從此渾渾噩噩，成了廢人。這種情形出現愈多，百姓愈信卜巫，官府明令禁阻也無效，這時候，金印寺更成了萬家生佛，百姓心目中的轉世神仙。」

「這跟金印寺又干上什麼事了？」

「關係可大了：鄉民所患之病，只有金印寺的四神僧可以治好，一時間，人們全都擁向金印寺，求降虎、伏龍、金屏、銀扇等爲他們驅邪除妖，金印寺於是名聲大盛，一時無倆！」

「這倒罕聞。從來是術士、法師替人驅魔伏邪，怎麼得道高僧也來管這種事？」

「這還不打緊，金印寺的高僧收嚇斷家法，是十分奇特，而病家把患者不管男女老幼一律寄在廟裡，困在密封的室內，一共七七四十九天，然後才肯把病人交出來，這期間不許任何人窺探騷擾，否則若果發生任何情況，概不負責云云。」

「怎麼官府也不管管此等事？」

「本來當地縣官也覺得此事鬧得太過份了，迷信之風未免太熾，有意下令禁止，不料，一名縣官的獨子得了急瘋症，嚇壞了縣官的姨太太，藥石無效，後來只好求金印寺和尚，降虎、伏龍等開始不聞不問，後來還是銀扇出面，說明如果治好縣官之子，縣官從此之後不得再管制金印寺一切行動，縣官只怕丟了心肝寶貝兒子，別的啥都答應。結果把他的兒子在寺裡關了四十九天，出來後什麼都復原了。」

「倒真邪門！不過，給金印寺治病的病人，是不是都好起來了呢？」

「這倒不一定。大部分能活下來，只是精力衰退，整個人都消卻了力氣，只拾回一條性命，沒幾年，多就撒手塵寰了。金印寺高僧解釋說：這是天魔入侵這一帶，能保住幾年性命，共敘天倫，已屬難得，出家人只能盡心盡力，普渡眾生而已。不過話說回來，如果患病者不到金印寺求醫，不過幾天就一命嗚呼了，所以，還是感念金印寺的大恩大德。」

「我聽到這裡，聽來功德無量的仍是金印寺的四大神僧，跟追命似全無關係。」

「你別急。這件事跟追命拉上關係，是在金屏發瘋後，惹起追命注意，一路聽說這涼星山下的怪事。你知道，『四大名捕』一向都不信邪，於是便易容化裝，明查暗訪，要弄個清楚。」

「噯，四大名捕裡，追命除了酒力最佳之外，易容術也可列第一。」

「這一查便查出了蹊蹺來。追命因聞金屏失心喪魂，本已生疑，但鄉民都說金印寺替百姓除妖驅邪太多，反遭魔侵，對這位高僧更是歌功頌德。追命本來也對金印寺高僧以身啖魔之舉十分景仰。不過，後來悉聞連藍元山也投入金印寺去，就更感疑惑了。」

「對呀，藍元山外表沈默寡言，但在武林四大世家的主持人裡，要算他的野心最大，要不然，也不會發生當年四大世家互相拚個你死我活，較一勝負長短之事了。」

「便是。當年四大世家火拚，可說是由藍元山一手挑起來的。不過，藍元山也是正道中人，愛妻新喪之餘，赴金印寺剃渡爲僧，也不悖情理。只是，這引起了追命的好奇，著意查訪，終於給他查出了紕漏來。」

「是什麼漏子？」

「那些病患者，不管幼童、成人、婦女，在罹病之前數日，都在機緣巧合的情形下，遇見過金印寺的高僧，不久後便告病發，送往金印寺救治，有的完全治好，有的只一時痊癒，但已神志萎頹，跟從前判若兩人。」

「這樣看來，這些事似乎跟金印寺和尚有關？不過，金印寺僧人又何必這樣做？這樣做對他們有什麼好處？他們又如何做出這種事來？」

「追命便是有感於苦無證據，不能繩之於法。他夜探金印寺，果爾查探出蛛絲馬跡。原來僧人把病患者關入許多個完全與外隔絕、全無窗戶的禪室裡驅邪，不准旁人窺探。追命蒙臉潛了進去，給伏龍、降虎二僧發現，二僧發動攻擊，招招殺手，追命仗絕頂輕功，不與他們正面交手。逃離金印寺後，追命細心一想，金印寺高僧若真慈悲爲懷，又何必濟世救民之事故作神祕，而且還對探寺者猛下毒手，這豈是出家人的作爲？於是想起一種絕世多年的練功祕技，叫做『虛妄魔功』，是專門吸取人的精力、元氣，聚精爲基，凝神爲氣，才能練成的一種功力，據說練成之後，要比當年楚相玉的『絕滅神功』還要厲害十倍，就連『血手化功』也不遑多讓。」

「那豈不是天下莫敵？」

「這倒不一定，但也差不多了。追命一旦想到這幾個出家人竟來行這種萬惡之事，犧牲無辜來換取絕藝，當不能再忍，立意要揭破這些僧人的罪惡。」

「但是，他還是無憑無證……」

「所以他千方百計，假扮成一名尋常百姓，讓金印寺和尚打他的主意。」

「金印寺的和尚不認識他就是追命嗎？」

「不認識，追命格殺金屏時，伏龍三僧不在現場，加上追命擅於易容，三僧並不認得他。」

「莫非追命要以身受魔功，來換取真憑實據？」

「正是。」

「追命擬以本身一命，來換眾生之命？」

「不錯，三僧及藍元山果爾對他施術，追命斂神強忍，終於知道金印寺的詭計是：先將目標人選隔空取穴，使他在數日後『病發』，神智不清，在送往金印寺後便藉機吸取對方元氣、精華，變為己用，故命雖能保，但數年後也必氣渙而歿。遇上神渙氣散的人，三僧反而不欲吸取，解穴遣走，反得存生，故此三僧功力驟增，只要再加十數人功力，便可修習『虛妄魔功』了。可惜他們便在這時遇上了追命。」

「追命這下可是身入虎穴，抓到實據了，不過，以他一人之力，怎是伏龍、降虎、銀扇、藍元山數人之敵？」

「藍元山是野心極巨之人。三僧請他來金印寺，是想要他填補金屏之空缺，因爲藍元山的內力雄厚，正好可以同參協成『虛妄魔功』。不料藍元山也是要藉此除害，也想借此成名，追命一旦出現，他與追命是素識，一旦知道紙包不住火，於是跟追命聯手平魔，以追命雙腿加上藍元山的內力，終把三兇僧伏誅。」

「功德無量，當眞是功德無量。這下可把迷信、巫風一清耳目了。不過，只怕還有個魔頭在藍元山心頭生了根呢！」

稿於一九八六年二月十日大年初二收到浸會學院「瞰訊」訪問文章，「小說裡的大俠：溫瑞安」一文

二校於一九九〇年一月廿九日年初三

台灣「皇冠」出版「我的第一次」收入訪問篇

重修於一九九八年二月九至十日

鴻電無心機，不知因何／書簽將以月曆代替／康堅拒登相，甚為難／余念齊至，齊邀方至圓明新園開餐大食會／洪至交款聚

五　鐵手的手

「你說過『四大名捕』裡冷血和追命的故事，這次該說到鐵手了吧？」

「又要我說故事麼？好，你先猜一件事兒，猜著了我就說。」

「猜謎我最在行。咱們江湖人，決沒有怕死貪生畏刀避劍的事，更何況是區區猜謎！閣下到底要我猜什麼？儘把謎題道上吧！」

「看你神氣的樣子，誰給你添氣來著啦！我要你猜的只不過是這次我要說的故事是什麼題目？」

「你自己要說故事，卻來問我？」

「你自己要聽故事，只要好好的想一想，一定想得通。」

「這個嘛？……我知道了！」

「請說。」

「這次故事題名，不如就叫做『鐵手的手』。」

「你怎麼這般肯定？」

「到底我猜著了沒有？」

「猜對了，你是怎麼猜出來的？」

「很簡單，上兩次你分別說了『冷血的血』和『追命的命』，餘此類推，這次說的必然是『鐵手的手』……」

「唉，看來，下次我不說『無情的情』都不可以了。」

「你也說對了，快說吧，我還等著聽下回呢！」

「我未說之前，你先來說一些事兒給我聽。」

「你怎麼這麼煩……」

「很簡單，『四大名捕』各人所精通的武功和絕技是什麼，你給我數數看。」

「這倒容易，老四冷血，擅劍法，招招拚命，有進無退，只攻不守，劍快準狠，愈傷愈勇，劍折反能使殺著，武功比他強的人，都往往鬥不過他，因爲他狠。老三追命，是個醉貓，即是酒鬼，喝得愈醉，武功愈高，輕功是四人中排行首位，一雙腿功，出神入化，追蹤術名列天下三大之一。老二鐵手，內力深厚，僅次於他們的師父諸葛先生，爲人溫和，謙沖有禮，胸襟磊落，江湖經驗豐富，一對鐵掌，刀槍不入，在武林中被稱爲『一雙最有份量的手』，也被受過他恩德的人譽爲『江湖上一對最能主持正義的手』。大師兄無情，自幼殘廢，不能修習內功，但對奇門遁甲、機械技巧、琴棋詩畫、醫卜星相、陣法韜略，無一不精，而且聰明絕頂，輕功自是不弱，一身暗器，在他手上施來，已開創武林中『明器』一宗，僅憑他一人，據說已是足可與以暗器成名的蜀中唐門分庭抗禮……你看，這些人的武功特色，我都能倒背如流了。」

「你倒記得挺熟的，好吧，我今天就說一個『鐵手的手』。」

「咄！題目我已猜過了，你還廢話作甚！還不快說！」

「鐵手是諸葛先生的得力弟子，也是心腹大將。無情的智計說來要比鐵手稍勝一籌，但他雙足殘廢，有許多不便，身爲二師兄的鐵手，便替諸葛先生籌劃奔走，功勳至著。你也知道的，諸葛先生原爲太傅，封爲神侯，那一群宦黨權官不敢作亂爲禍，篡權奪位之故，便是因有諸葛先生暗中主持大局之故。」

「不過，那一群狗官對諸葛先生懷恨已久，積怨日深，只怕——」

「對，他們要除去諸葛神侯這顆眼中釘，就得先要拔除諸葛門下的得意門生，鐵手鐵二名捕！」

「這……鐵游夏武功高強，機智過人，他們想要動他，可不容易吧！」

「所以我剛才問你，四大名捕的武功特色是什麼？其實便是要你告訴我，鐵手的武功長處在哪裡？」

「就在他的一雙手啊。」

「——如果他沒有掉一雙手呢？」

「啊……但好好的一雙手，怎會『沒有掉』呢？」

「故此，他們先請來一個巧手工匠，然後還要藉一個事件，借一個人。」

「一個人？誰？」

「小黑龍。」

「小黑龍？在『冷血的血』裡，那個爲義敢死、義無反顧、與冷血相交莫逆的小黑龍？他爲什麼會冒出來對付鐵手的？」

「便是他，當然不是他要去對付鐵手。他是被人利用了。當時，冷血因爲要調解官府對一向主持俠義的『無師門』趕盡殺絕，遠赴大滾水一帶。小黑龍是個熬不住的傢伙，到哪裡都準得鬧事。剛好那時城裡發生了一件事：禁宮一位大管事的子侄，名叫『小霸王』吳約，手底下很有兩下，仗著聲勢，橫行霸道，沒有什麼人敢言語，地方官衙都不敢惹他。合當他遭殃，這次看中了一個鑄劍師的妻子，強佔到手，飽饜遠颺，後來給那位鑄劍師知道了，悲怒若狂，持劍去殺他，結果給那小霸王砍掉了一隻手，鑄劍師的妻子也羞憤自盡了。鑄劍師一手殘廢，不能再鑄劍了，只好自尋短見——」

「哪還有王法！」

「王法跟天理一樣，有時有，有時沒有。你想它有時它往往沒有，你忽視了它的存在時又常常會有。小黑龍原本有一把劍，因殺傷過紅顏知己水仙，故棄而不用，想要鑄劍師再替他打過一把。他一聽到這種情形，眼都紅了，挺著軋把翹尖刀，就衝進吳府，力鬥小霸王吳約——」

「這下可好了！小霸王遇著個小黑龍，不知後果如何？」

「後果是小霸王酒色傷身，決非小黑龍之敵，三兩下就踣地不起，小黑龍老實不客氣的割掉他一條腿子，說是留給他作個教訓。」

「大快人心，這還算便宜他。可是……可是小黑龍可又犯了事了！」

「這下禍子可闖大了。刑部派出司馬病，內務府派出司馬冰，還有禁宮派出的『神拳太保』顧鐵三，都是一流一的好手，來緝拿小黑龍歸案。」

「不好了。這司馬病和司馬冰，是一對脾氣古怪的兄弟，平時互相嘔氣，平時不肯聯手任事，而今一齊出動，小黑龍決討不了好，何況還有「神拳」顧鐵三！」

『對！『神拳』小顧是當代第一神拳，是權相至為重用的高手，很多人都認為，鐵手的一雙肉掌和顧鐵三的一對鐵拳，遲早要決一勝負。就別說顧鐵三了，就算是司馬兄弟，小黑龍一樣難以應付。幸虧，他不僅英勇過人，也很有急智。』

「他逃啦？」

「有司馬病和司馬冰兩人在，不啻天羅地網，小黑龍插翅難飛，這時冷血又不在京城，小黑龍把心一橫自行投案——」

「怎麼會自投羅網！這，這不是自尋死路嗎？」

「不對。小黑龍也不是蠢人，他是向刑部求見何嘉我自首投案。何嘉我外號『鐵臉刑總』，處事大公無私，當日小黑龍還給他打過一掌，算是老冤家，也算是舊相識了。」

「何刑總會不會……公報私仇？」

「何大人只把他收押起來，才只不過是半個時辰的工夫，司馬兄弟和顧鐵三都風聞了，立即趕去大牢。其時鐵手正也趕去刑部。」

「這下四大高手，可都遇上了。」

「鐵手找不著何刑總，但也把事情弄分明了：小黑龍只是警惡鋤奸，雖傷人，但罪不嚴重，不過他惹上的是有勢力的人，恐怕難作一般處置。鐵手因心急想要一見小黑龍，便以御賜『平亂玦』，直入天牢，探看小黑龍。」

「天牢光線昏暗，鐵手找到小黑龍的囚牢，打開鐵鎖，只見一個壯碩的漢子，被鐵鏈鎖著，躲在暗處呻吟，鐵手大急，俯近一看，只見小黑龍一張臉全是瘀血，眼角、唇角、鼻骨盡皆破裂——」

「天啊，他們竟敢濫用私刑？」

「鐵手的手如鋼鐵，但有慈悲心腸，見此好漢受盡折磨的情景，不禁失聲喚：『你是小黑龍？是誰把你打成這個樣子！』小黑龍悲聲道：『鐵二爺，你來遲了，他們，他們還……』鐵手一怔，怒問：『還把你怎樣？』小黑龍慘笑道：『還把我的武功給廢了。』鐵手跺足長歎道：『來，我先扶你出去再說。』小黑龍頹然道：『我現在已是廢人，出去又有何用？』鐵手道：『至少，我要好好的質問何刑總，要他給我個交代。』」

「唉，一條鐵錚錚的好漢，竟要受惡人折磨——後來究竟怎樣了？」

「鐵手便攙扶小黑龍起身，不料小黑龍雙足無力，身形一挫，又萎了下來，鐵手連忙扶住，就在這時候，他的雙手剛伸到小黑龍腋下，就給兩排鋼齒夾住了。」

「什麼？」

「小黑龍步踏燕子飛雲縱，已經跟鐵手拉了十尺距離，到了囚室長廊上。而鐵手兩手十指，卻被鋼箍夾著，別小看僅有兩個巴掌大的網箍，竟各有七、八十斤重，而且還連著刀砍不斷、巨力不毀的『赤煉神鍊』，穿鎖在石壁上，除非鐵手能把整座牢都掀翻，否則，這雙手便得被扎在這裡，再說，這鋼箍利齒這麼一夾緊，十指也準得廢了！」

「小黑龍竟敢暗算鐵手！」

「當然不是小黑龍！小黑龍怎會是那種人！那是那個狗官請回來的『鬼手神匠』周沖，他精研巧製的鋼箍，便是專門用來對付鐵手的一雙鐵手的。兩名獄卒也露出原形，正是司馬病和司馬冰。司馬冰笑道：『饒你四大名捕精似鬼，今日還要來喝老子的洗腳水！』司馬病也得意洋洋的說：『我們抓小黑龍是假，設下妙計擒你才是真！』」

「卑鄙！無恥！鐵手失去了一雙手，怎樣是他們的敵手啊！」

「司馬冰、司馬病和周沖一起包圍上來，鐵手既未哀號，也沒呻吟，就連哼也沒哼半聲……」

「鐵二爺真是好漢！慢著，不是有位『神拳』顧鐵三嗎？他要是也湊在一起，鐵手可要更糟了！」

「就是更糟了，因爲他也來了。他站到丈餘遠，環臂當胸背靠牆，嘴角斜刁著一支竹籤，一副袖手旁觀隔岸觀火，事不關己已不關心的樣子。司馬冰向他招呼道：『顧老三，你顧著老本吧，你這塊銹鐵不肯砸他那塊廢鐵，看他還不是著了咱們道兒了！』顧鐵三還是淡淡的笑著，不搭理他，司馬病耐不住火，便呼嘯道：『還裝什麼？夜長夢多！快兩招把姓鐵的放倒，好回去交差吧！』於是兩兄弟就向鐵手猛下毒手——」

「下流！不要臉的東西！」

「你忘了鐵手是有一身內力哪！」

「內力又怎樣？鐵手已失去了一雙鐵手啊！」

「這就是鐵手的過人之處了！他沈著應戰，以內力貫注全身，司馬病一時輕敵，給他沈肩一撞，吐血而倒。周沖的巧手神拿，已封扣了鐵手的要害，不料鐵手神功護體，周沖拿不住鐵手，反被鐵手內力震傷。只剩下一個司馬冰，見不對頭，返身想走，給鐵手一聲鋪天捲地的大喝震住，再給鐵手一頭撞碎了鼻骨，摸著鮮血長流的鼻子，半天站不起身來——」

「好哇——不是還有個『神拳太保』顧鐵三嗎？他可不易對付啊！」

「他就是不易對付，等鐵手收拾了三人，面向他時，他才懶洋洋的笑道：『我早就知道他們三人傷不了你，我只想知道你是怎樣拆穿他們的詭計的？』鐵手用力一震，就把鋼箍震開，他的一雙鐵手也真匪夷所思，鋼齒銳利，還真傷不了他，一對肉掌分毫未損。鐵手笑答：『小黑龍根本與我未曾見過面，又怎會一見我就叫我鐵二爺呢？我暗裡運勁護身，就防有什麼殺著。』顧鐵三聽了，只淡淡一笑道：「原來如此，我跟你早晚都要會上一會，但這等暗裡傷人的伎倆，我還真沒有興趣摻上一把，咱們後會有期。』說著，便置地下三個狼狽呻吟的夥伴不理，揚長而去。」

「顧鐵三還真是個人物。……不過，那小黑龍呢？」

「我正要說到他。顧鐵三一走，進來的是那鐵臉刑總何大人，他說：『他們要暗算你，把我支開了，不過，我也趁此做了一件事。』鐵手笑問：『什麼事？』何大人義正詞嚴的長聲道：『吳約強佔民女，殘民以虐，小黑龍前去執他到衙伏罪，他不但拒捕，反而行兇，小黑龍自衛傷人，不應致罪。』說到這裡，鐵臉無情的何大人，居然跟鐵手擠出了個笑容，做了個鬼臉，悄聲道：『所以，我已讓小黑龍回到他該去的地方了。』」

稿於一九八六年三月五日

「新生活報」之「劍挑溫瑞安」

專題正進行得如火如荼

重校於一九九〇年一月中旬

「黛」雜誌轉載「他只變好，沒變老」

重修於一九九八年二月十日晚與何、葉、方、舒、禮到至尊，早到，同賞阿仔一舞，迷醉無比，華林有好介紹

六　無情的情

「人非草木，孰能無情。」

「少來感歎了，我知道你今天要講『無情的情』了，這算是開場白吧？」

「我來問你，四大名捕中，你最喜歡誰？」

「這……我一時可分不出來嘍。」

「性之所適，你說比較喜歡哪一個好了。」

「如果一定要說，應該是冷血和鐵手了。」

「爲什麼？」

「因爲冷血果敢、堅忍、熱情、有勁，我覺得這最能代表年輕俠士的個性。鐵手則沈著、溫厚，而且有氣派、有風度，這才是一個術德兼修、知行合一的俠士風範。你呢？你較喜歡哪一個？」

「當然是追命和無情了。我喜歡追命，是因爲他看破世情，盡歷風霜，但依然保留一份俠義心腸，以風趣輕鬆的態度，遊戲人間。……至於無情，雖道無情卻有情。他的身世最可憐，身罹殘疾，感情受創，四大名捕中，看似他最為冷酷無情，然則他的個性，最難捉摸——像他和丁小髮的一段情，就令人撲朔迷離。」

「丁小髮？她的兄長就是名伶丁小臂的那個丁小髮？」

「就是因爲她有個這樣的哥哥，所以才有這回事。」

「怎麼說？」

「無情破了『魔仙』姬搖花案後，拯救了舞陽城，可是一直鬱鬱不樂，因爲姬搖花已使他動了真情，但卻在敵對的情形下，無情不得不殺了她。這件案子人所共知。有一段時候，無情便躲在『翠杏村』裡，借酒消愁，也不理別人相勸。追隨他的四劍僮，每天總有二人長伴他身旁，直至有一天，他在翠杏村酊酩之際，忽聞一陣歌聲……」

「翠杏村是花酒之所，聞歌聲有何出奇？沒有歌酒聲色，那才是奇！」

「你這就有所不知了。無情精通韻律，普通樂藝，又焉能入他之耳？而這歌聲的清脆動聽、幽怨曲折，又豈是一般歌聲能媲美？無情卻從這百轉迴腸的歌聲裡，聽出歌者有滿腹傷心事，哽咽在喉，欲訴無從，所以便叫翠杏村的掌櫃鄒重宵過來打探打探。」

「『大義滅親』鄒重宵？聽說這人武功高強，工於心計，每當要緊關頭，都『大義滅親』，把自己身邊的人拿去犧牲，坐牢的坐牢，殺頭的殺頭，而他卻每『滅』一次『親』，地位又變高了一層。原來他跑來當翠杏村的大掌櫃了。」

「你別打岔。你又不是他的親人，管他滅誰！話說無情向他打聽，才知道唱歌的便是丁小髮。她哥哥因犯了事，被衙裡的人抓去了，她只有淪落賣唱，無情一聽，覺得奇怪，便著鄒掌櫃去把丁小髮請進來。丁小髮是位絕色美人，無情見了也爲之一震。那麼美麗的女子，看到一眼，便教你不想再看別的女子，只要你見了一眼，就不肯讓她溜走，想要一生一世對著她。」

「嘩，你親眼見著了不成？」

「我不這樣形容，你哪裡知她的美？你要聽就聽，不聽就拉倒。」

「我聽，我聽。你說，你說。」

「無情問起她的事，她眼圈更一紅，抽泣中道出了情由：原來她的胞兄丁小臂犯了官非，給抓去了，他們兄妹相依爲命，丁小髮只好賣唱籌款，來爲她的兄長罰鍰脫罪。丁小髮本來就嬌弱可憐，而今更是我見猶憐。無情細問之下，小髮請求無情代其兄開脫，她寧願以身相許……」

「無情不是殘廢了嗎，怎麼還能……」

「無情是雙腿筋脈均廢，但殘廢不就代表不能人道，你別要兩者混爲一談。你要是嫉妒，誰叫你不是無情！」

「我不惹你，你老請說吧，我不多嘴就是了。」

「無情也沒說什麼，既沒答應，也沒拒絕，兩人一路飲酒吟唱到上燈時分，丁小髮左手舉杯敬酒，趁無情一個不防，右手拔出匕首，直刺向無情！」

「啊，這可糟了！兩人距離得那麼近，無情筋脈全受了傷，又不能練武，這狙襲忒也真絕！」

「不錯，其時兩人併坐，相距不到半尺，換作別人，色授魂銷、色香心動之時，哪裡能不作糊塗鬼！無情卻有過人之能，他的明器已突破一般暗器，能在短距離發生極大的效用！在這千鈞一髮之際，袖裡腕骨一沈，秘箭藉箭筒內軋壓的彈簧之力，把箭卡括一崩，手法取疾眼力取準，神箭在三寸之短距離內射中匕首，而且這種箭是無情精心巧製的，挫力奇強，丁小髮握刀不住，脫手落地，她俯身要拾，還待再拚，無情一手仍握酒杯，悠然道：『我勸妳還是乖乖的坐著，別想亂動。』丁小髮知道無情舉手間即可取自己性命，當下再不敢亂動。」

「丁小髮她……她為什麼要這樣做？」

「便是。無情也覺得奇怪，丁小髮泣道：『你們這班狗腿子，你害了我哥哥，這還不夠，還要把我怎樣？』無情愈覺奇怪，見丁小髮恨意甚深，只好說：『冤有頭，債有主，究竟是怎麼回事，妳跟我道分明，再動手不遲。』丁小髮忿忿地道：『你別假惺惺！抓走哥哥，根本是你的主意。』無情大奇，說：『你告訴我原由，我必代妳細查。』小髮見無情頗具誠意，這才肯透露：原來其兄丁小臂，善反串青衣，唱功妙絕，樣子也生得標緻，常遭達官貴人調狎，小臂常覺鬱憤。其中城南副總捕頭『虎爪王』高力，便是對她兄妹倆都垂涎已久，前幾日，高副總捕頭說是奉四大名捕老大無情之命，前來拘提丁小臂，說是要勘查一案，把人押走後，有去無回。丁小髮多方周旋，想見其兄一面，都遭嚴拒，高力反而向她動手動腳。丁小髮頓明白了高力的用意，羞憤之下，聽說無情近日在翠杏村獨酌，便生拚命一死之心，藉故與他親近，無情果爾問起她丁小臂之事，小髮見無情裝著全不知情，又不肯開釋其兄，加以自己相許求情一事，無情亦無動於衷，便不惜刺殺這個罪魁禍首，才有這一刀。」

「可是無情可沒有拘拿過她的哥哥呀！」

「對呀！無情覺得事有蹊蹺，於是跟她說：『這件事我全不知情。妳信也好，不信也好，我會替妳查辦此案，找出妳哥哥的下落。明晚這時，我會回來這裡，妳等我消息吧。』丁小髮這才知道自己錯怪了無情，這時無情已召來了二劍僮，把他乘坐的木輪椅推走，離開翠杏村。」

「這下可驚動無情查案，定必能把丁小臂找出來了。」

「你先別高興。次日，無情在衙裡找不到高力，追到他住所去，才發現高力已被殺死，丁小臂也不知所蹤。高力是死在一種細如髮絲的暗器之下，就插在天靈蓋的髮際。」

「無情向城南總捕查問，班房裡根本沒有人知道此事，無情再向『鐵臉刑總』何大人查證，始知捉拿丁小臂，是高力個人的行動，同時也不知高力把人藏到哪裡去……在不得要領之下，無情跟四名劍書僮議定後，無情先回到翠杏村。溫言安慰丁小髮，丁小髮太過耽心，忍不住多喝了幾杯，無情也只好陪她多飲了幾杯。無情的心湖也泛起了漣漪，只覺得眼前的絕代佳人，眼波盈盈流轉，須拒還迎，很想摟住她，蜜意輕憐。」

「哎呀，連一向鎮定、臨危不變的無情，也不例外？」

「無情的定力，哪有如此差勁？再說，丁小髮也是正經人家女子，怎會胡來？唉！那都是因爲那些酒，這不是普通的酒，不是平常的酒。裡面已下了一種藥，叫做『胭脂淚』。」

「赫！這可是最烈的春藥之一。」

「便是。無情的暗器，從不淬毒，而且使來光明磊落，因此開了武林中『明器』一宗，在他手上，暗器成了光明正大的兵器！不過，他雖不發毒器，但對毒藥，極有認識，平常毒藥，他怎麼嚐不出來，怎會吞到肚裡去？就是因爲這種『胭脂淚』，不是毒藥，而是春藥，所以饒是無情這樣有定力的男子、小髮這般純潔的女子，三杯下肚，也春心蕩漾，抑壓不住情慾的澎湃崩決了。」

「不好，下春藥的人，必有歹意。」

「美色當前，無情愈看愈憐，兩人單獨相處、肌膚相接，如火如炙。他把丁小髮抱在懷裡，推輪車到床邊，小髮嬌羞無限，玉頰紅豔豔的，一綹黑髮覆在唇邊，唇紅得像滴露的玫瑰，微露著貝齒，漾出一股子的香甜。小髮害羞，儘管是情慾衝擊，依然移開了視線。無情抱著她，輕輕置於床上。這時，小髮雲鬢已亂，衣襟已解，凝脂般柔滑的酥胸半現，羅裙半掀，露出柔勻而細白的小腿。小髮醉人的呻吟，那麼哼的一聲——」

「哇，你別這樣繪影圖聲啦，聽得我心癢癢的……」

「這時候，幾乎完全聽不到呼息的，來了四個人。有的本來就躲在床底，有的是躲在屏風後，有的自牆後冒出來，總之，全是從這房間裡早已開啓的機關內走出來的。」

「這次完了！他們是些什麼人？」

「司馬冰、司馬病、鄒重宵。還有『墓』。」

「司馬兄弟！他們不是殺鐵手不著的嗎？怎麼又跑來這裡？鄒重宵？……我不明白。」

「正是因爲殺不著鐵手，諸葛先生的敵對派系便命他們將功贖罪，先把四大名捕之首定計殺了再說。這次，他們都有備而來。司馬冰手挽『七弦神弓』，可以一弓七箭，在剎那間就能把無情對穿十四個窟窿。司馬病使用飛鷥斬水刀，快而無聲。還有鄒重宵的『反臉無情陰陽爪』，立意要取無情性命。」

「這可怎麼好！換作平時，就憑這幾個人，還未必動了無情。只是，男人到了這時候，都難免——唉呀，這個可……大大的不好了！」

「這三人還不如何，更可怕的是第四人。他一個人，比那三人加起來還要可怕三倍！」

「誰？」

「墓。」

「墓是什麼？」

「墓是一顆星的代號。你有沒有聽說過『滿天星，亮晶晶』這個殺人組織？」

「聽過，這是一個以暗器殺人最成功也是最有效的神秘組織……難道……這個『墓』也是其中的一員嗎？」

「而且是十分重要的一員。所以，他一出手，只打出一顆星，射往床上，一星爆出廿三顆小星，其中十一顆真，十二顆假，掩人耳目，轉人視線，就算是武林中一流高手，光天白日，也應付不下，更何況是在無情……」

「而且，還有一個無辜又無依的丁小髮！」

「嘿嘿。」

「嘿嘿是什麼意思？」

「嘿嘿就是好一個無情的意思。只聞丁小髮一聲驚呼，無情一掀被襖，便罩住了星星，同時順手翻袖，打出了五枚青錢——」

「等一等，無情在床上……他不是正……他應該是脫了衣服的呀！」

「誰說他脫了？他五枚青錢一出，立即亮火鐮子點燈，燈乍亮時，司馬冰的咽喉，司馬病的印堂，都嵌入了一枚制錢；鄒重宵則被制錢打著中庭穴，癱瘓在地。五枚青錢中，倒有二枚是攻取『墓』的，但『墓』已不見，窗戶碎裂，其中一枚制錢，嵌入石灰牆中，錢沿還沾有血跡——」

「厲害，厲害；歎服，歎服！黑暗認穴，如此奇準，不愧爲『明器』第一宗主。」

「無情一出手，大獲全勝，可是他手上還扣了三種武器，準備來對付房裡另一人。」

「另外一人？還有敵人在麼？」

「有。燈亮起時，無情才見到另一人，那是敵對派系中絕頂高手『神拳太保』顧鐵三是也！」

「啊！又是他！」

「那四人進來的時候，既沒有步履聲，也閉住了呼吸，無情是憑心跳聲聽出來的。可是這顧鐵三，卻彷彿連心跳都沒有。但他也沒有出手。他只是環臂旁觀，冷冷地道：『我明知這四個蠢東西是決制不住你的。我只是要看清楚四大名捕的出手。』他並沒有說爲什麼，但無情明白他的意思，所以無情說：『他們指使高力捉拿丁小臂，希望小髮誤會我，並能殺了我，殺我不著，再在酒中下藥，連施毒計，並殺高力滅口，只可惜他們忘了一件事。』」

「什麼事？」

「顧鐵三也是這樣問。無情淡淡一笑道：『我怎會不懷疑鄒重宵呢？這件事由頭到尾都是他一手撮合的，我早已使劍僮盯住他了。』顧鐵三沈默良久才道：『你究竟有沒有喝下胭脂淚？』無情點頭，臉上也出現了尷尬之色。顧鐵三道：『你破案，理所當然，他們制不住你，是他們的不自量力。但你懷抱絕色，飲下春藥後而仍能將計就計，如此定力，佩服！』說罷大笑而去。次日，無情從鄒重宵處探出了丁小臂的下落，使丁氏兄妹重聚。可是，日後每有人提起那天晚上的事，丁小髮總是緋紅了臉，垂下了頭，睫毛顫著，什麼話也不說。」

「這時候要是無情也在場，一定可以聽到她的心跳聲了罷？」

稿於一九八六年三月廿八日
「香港周刊」之「溫瑞安筆下的人物」專題已停，專欄「溫記」仍寫
再校於一九九〇年一月卅一日大年初五
梁何南下高雄會學明

重修於一九九八年二月十一日成
堆人「七大寇」齊唱卡拉OK到
天亮／與展昭、乃醉、何平、葉
浩同遊「四大佛山」／念余互抵
制，過關唔浦

溫瑞安

七　白衣方振眉

「在江湖上這一干歷代名俠中，你最喜歡誰？」

「你所指的名俠，譬如是哪些人？」

「當然不是那些欺世盜名之輩。天下大俠何其多，有的是交好互封，有的是厚顏自稱，也有的成爲得勢者的代號。我指的是真正的大俠，如神州蕭秋水、神相李布衣、神醫賴藥兒、大俠梁斗、長空神指桑書雲……」

「我還是比較喜歡白衣方振眉。」

「爲啥？」

「因爲他比較平和，從不殺人，喜歡以化干戈爲玉帛的方式解決問題。蕭秋水殺氣太盛，李布衣過份滄桑，賴藥兒本身就是一齣悲劇，梁斗過於平凡，桑書雲卻太雄圖偉略，就算是四大名捕，也殺戮過重，不若方振眉，衣白不沾塵，悠然無羈，出入塵世間。」

「他喜著一襲白衣。不過話說回來，白色的衣服，最是純淨，但也最易弄污，就如一張紙，本來已塗了許多東西，你不小心滴上一點墨，並不怎麼顯眼，可是這點墨若滴在空白的紙上，那就礙眼得很了。」

「你這句話是什麼意思？」

「白衣方振眉，畢生難得一敗，尤其在指法上，他堪稱是上天入地、天下第一的。」

「對，他的指法叫做『點石成金』，被江湖上的武林同道形容爲：『王指點將，千刀萬劍化作繞指柔』。敗在他指法之下的，全輸得心服口服的，方振眉也非到萬不得已時，才會出手，一旦出手，即可一指定江山。」

「就是因爲他在指法上的修爲，有『前無古人、後無來者』的美譽，所以，驚動了在當時的指功高手要向他挑戰。」

「啊，莫不是少林金剛大師、五台山辣椒頭陀、江南霹靂堂分堂主雷彈……這些人等，可不好應付啊。」

「還不止。」

「難道京城裡『風雨樓』的白仇非，也按捺不住？」

「還有一個指法名宿。」

「難道他……是『長空神指』桑書雲不成？」

「非也，那時候，桑書雲已逝世了。另外一位指法名家，就是『夢入荒唐』蔡心經。」

「蔡老前輩？唉，真想不到連『荒唐居士』蔡心經也免不了名權之爭。」

「爭名奪利，世上有誰能免！這幾人中，少林神僧金剛大師，是少林派出類拔萃的人物，天性聰慧。」

「少林掌門曾說：金剛師弟若修少林七十二絕技，恐怕至少能融會貫通一半以上，但他專修『金剛禪指』，這才是他聰明而不濫用的大智大慧處！金剛大師以指法爲號，他對『金剛禪指』的修爲，可想而知。」

「世上聰明有才之士，並不難得，有才而不濫用者，才是不可多得。」

「只可惜大智大慧的人，一樣有嗔有困。金剛大師可不是爲了私己的名利，而是他覺得天下第一指法，應是少林的『金剛指』，是故趁方振眉應邀赴少林參加第三度武林大會時，忽然挺身出來，向他挑戰。」

「少林『金剛指法』剛猛銳烈，加上金剛大師內力充沛，天生神勇，方振眉只怕不易應付。」

「所以這一戰，當真是逼出了方振眉的指法的過人之處。如果說金剛大師的指法是怒龍，方振眉的指法便是降龍者；如果說『金剛禪指』是猛虎，『點石成金，王指點將繞指柔』就是伏虎羅漢。」

「金剛大師敗了？」

「沒敗，只是，整個人都柔和了下來，指法不再剛猛，哪裡還是『金剛指』？少林掌門便喝令停手，以免金剛大師強持出醜。沒想到，這一來，引出了個辣椒頭陀。」

「辣椒頭陀？『指天椒』頭陀？青椒紅椒胡椒指天椒，當代出世四大指法高手中，辣椒可以名列第一。」

「是不是第一高手，容有置疑，但辣椒這頭陀的指法，名動天下，而且任何樂器，只要給他彈上片刻，即能成曲，且比浸淫多年的人還精更巧！」

「不過武功上的指法並不同於奏樂上的指法啊！」

「你說得對。辣椒頭陀所精擅的指法，是『多羅葉指』和『拈花指』。這兩種指法雖同是藝出於少林，但在內息運轉上，用了五台山的『無法大法』，剛柔並重，無瑕可襲，正好可補少林沈厚剛勇的內功之不足。」

「啊．這樣說來，方振眉這番只恐怕要栽了。」

「栽不了。兩人並沒有明著較量，只是辣椒頭陀嘴裡謙遜著，伸手來握，實是跟方振眉一較高下。兩人就在袖子裡出招，交換四十八指，袖內其氣鼓盪，外表不動聲色。兩人一握手即分開，分別坐下，若無其事，但在場的絕頂高手如少林掌門、金剛大師、不壞神僧等都知道，方振眉又不著痕迹的挫敗了辣椒頭陀，並替他留了情面，不讓他難堪。」

「精采！精采！看來要贏『繞指柔』，非得要出動雷彈的『不神指』和白仇非的『送神指』不可了。」

「他與霹靂堂雷彈決戰的地點，更加精彩！」

「在哪裡？」

「不動飛瀑。」

「不動飛瀑？」

「不動飛瀑是一個奇異的地方，瀑布寬逾十丈，自百丈懸崖一瀉而下，奇怪的是，潭水深碧，水平如鏡，微波不興，直似這滾滾洪瀑，和靜靜碧湖，兩不相干。潭水就像一張大吸墨紙，把沖激的水流全部汲去了。雷彈和女俠宋挽辭便隱居在這地方，一面策劃著霹靂堂的偉業，一面跟宋挽辭過著只羨鴛鴦不羨仙的生活。」

「神往，神往，他年我有一日，也要和……」

「現在究竟你說愛情故事，還是我講江湖傳說？」

「你說，你說，我住口，我不說。」

「算你聰明。白衣方振眉便在不動飛瀑畔巧遇雷彈，雷彈要跟他比試指法，兩人便在瀑布峰頂上作了一場點到爲止的比試。」

「結果如何？」

「事後，雷彈與人說：『方振眉的指法可怕在壓力。看來是像揮灑自若，但出手愈輕，壓力更逾千鈞。我既不能出指，又不能收指，兩道指勁相交之下，似膠相黏，我掙不脫、攻不出、收不回，只有認輸了。』宋挽辭日後還說：『他們決戰時，我站在一旁觀戰，只見他們各只攻出一指，久久沒有第二指，忽見兩人一弛，各欠身而退，彈哥就說：我輸了。』」

「這樣聽來，不僅方振眉指功蓋世，連帶雷彈的氣度也真寬宏。只不知白仇非又如何？」

「雷彈敗了，白仇非當然不甘寂寞。」

「白仇非的『迸神指』，指功恐要在雷彈的『不神指』之上。雷彈的『不神指』慣用拇指，白仇非的『迸神指』主要用中指，但他的絕招：『三指震天』、『破殺』、『飛夢』、『傲骨』三式，則是拇、中、尾三指齊彈，舉世無雙，只怕……白衣方振眉不易取勝。」

「方振眉與白仇非的決戰，更是好玩。」

「如何好玩法？」

「兩人根本沒有動過手，就分了勝負。」

「你說什麼？什麼意思？」

「別說是你，連在場觀戰的人，也大都不懂，故有問於武林年青一代第一高手方歌吟。方歌吟便這樣分析說：『他們兩者，都是指法大師，不比常人。兩人未出指前，先比氣勢，白仇非至剛，方振眉至柔，剛柔互拚，不分軒輕。於是再比威勢。臨陣不變，遇強不挫，曰威勢；不動制敵，謂之威；既動制敵，爲之勢。威以靜具千變，勢以動應萬化。高手比鬥非以武力取勝，乃求以威壓敵，以勢勝之，在瞬息間的把握，剎那間的變化，稍縱即逝，如電光石火，不容有厘末之差。白仇非三次意圖出襲，但都找不到方振眉的瑕疵和破綻，比起方振眉根本不想出擊，所以更無瑕可襲，算是遜了半籌。這場不戰之戰，方振眉算是不戰而勝。』經方歌吟這一番解說，大家才知道這一戰的究竟。」

「方振眉這樣高明，看來，『荒唐居士』蔡心經，也斷非其所敵了。」

「這倒不然。你知道蔡心經原來叫什麼名字？」

「什麼名字？」

「蔡顯策。他嫌這兩字不好叫，而且，他在廿五歲前已習『高唐指法』有成，以俗家子弟之身參禪，竟然比在少林寺潛修數十年的高僧還青出於藍，故人們都尊稱他爲蔡心經，日後自是忘了他的原名。」

「對，四大名捕也是這樣。」

「三十歲以後，蔡心經更修練『高唐指』有成，當時與『長空神指』桑書雲合稱『南北雙指』，稱絕天下。不過，他辦的『十指盟』，卻不如桑書雲的『長空幫』蒸蒸日上。『十指盟』曾屢遭不幸，花果飄零，幾乎覆沒。蔡心經爲躲避仇家追殺，銷聲匿跡近二十年，可是，『十指盟』卻能死灰復燃，日漸強大，同門子弟見邪派猖獗、道消魔長，聯同正道名宿，敦請『荒唐居士』蔡心經，再出來主持『十指盟』，昌大王圖。」

「『十指盟』是武林正道的模範，多年湮滅，乃爲勢所逼。後來興起，也可說是時勢所趨……」

「蔡心經三番四次推辭，但同門一力擁戴，要他重出江湖。不過，要中興『十指盟』，必先重振聲威不可。當時，指功第一，非方振眉莫屬，蔡心經若想樹威，非得要先在指功上打敗方振眉不可。於是，在他的同門慫恿與安排下，方振眉和蔡心經，都身不由己，在『十指盟』總壇，或武林同道觀禮下，作一番決戰。」

「哎呀，結果如何？結果如何？」

「先不說結果。方振眉一看蔡心經，只見他白髮皤皤，滿臉皺紋，腰弓背駝，衣履雖然光鮮，但穿在他身上，極不對襯，一眼望去，大約總有七十來歲的年紀了……」

「不對呀！蔡心經在卅來歲時退隱，廿年後再出道，至多不過五十餘歲，怎會是七十多歲的老翁呢？」

「這便是了。他還比實際年紀更蒼老得多了。方振眉一眼就瞥見他放在膝上的兩隻手，不停的在打顫，顯然是酒毒已深，雙眼無神，血絲遍佈。方振眉心裡有數，這時決鬥已經開始，又是個新鮮的花樣兒……」

「什麼花樣？」

「比武場上，擺下八十一枝點燃的蠟燭，只待一聲開始，雙手搶先以指風滅燭，並以指勁攻擊對方，若是誰先中指，便算敗，否則，則以滅燭多者為勝。」

「這要眼明手快，反應要疾，動作要速，只怕……只怕蔡心經是輸定了。」

「不然。決鬥的結果是：方振眉滅燭四十五，佔上風，但最可惜竟著了一記『高唐若指』，斷了兩條肋骨，吐血踣地，敗在當堂。蔡心經在同門歡呼擁戴下，登位重臨堂門之職，信心大增，『十指盟』振臂而興，造福武林十數年……」

「方振眉……他……他真的敗了？」

「直到八年後，蔡心經溘然逝世，臨死前向同門透露，他勝方振眉那一指，是方振眉故意讓他擊中的，因爲方振眉知道：他輸不起。人人以爲方振眉在『十指盟』的一敗，是他人生上的污點，就如白衣染墨一般，其實，這一戰才真正顯出方振眉的人格的可敬和偉大。」

「對。」

稿於一九八六年四月二十三日

「新生活報」之「劍挑溫瑞安」

專題戰火終告「撲滅」

校於一九九〇年二月大年初七

與耀德通電談北行慘事與銘民電

傳約晤

重修於一九九八年二月十二至

十四日

特購余銘送雙子燈

八　黑衣我是誰

「上次你已說過『白衣方振眉』的故事，在情在理，這次都該輪到『黑衣我是誰』了吧？」

「為什麼要輪到他？在我心目中，武林高手多的是，江湖傳說也在所多有，如何要先說我是誰的故事？」

「原因很簡單：第一、我是誰係方振眉一生中四大至交之一，對方振眉有興趣的人，誰都會對我是誰也有興趣；對方振眉沒有好感的人，也可能會對我是誰有好印象。第二：我是誰與方振眉的性情，除了行俠仗義、好打不平之外，迥然不同，兩人可以比照來看。第三，方振眉愛穿白衣，我是誰一年四季，都穿黑色勁裝，一黑一白，恰成對比。當年，江湖道上都稱他們作『黑白分明』，這稱號一擺出來，白道中人無不額手稱慶，黑道之輩卻全得變了臉色。這樣好玩的人，你不說一說他那些好玩的故事，實在是兄台的損失；要是不聽一聽他的故事，也是閣下的遺恨。」

「你少來相激。要聽我是誰的故事，正如你列出三大理由一樣，先回答我三個問題。」

「好，你問吧，我知無不言。」

「人人都有名有姓，緣何我是誰要叫做『我是誰』，他總不會姓我名是誰吧！」

「當然不是，我是誰的身世甚爲曲折。直到他成名江湖之後，才發現自己身世可疑，連到底姓甚名誰也茫然不知，故而『我是誰』三個字，便是他對天地間的一個問號，也是一聲悲號。」

「方振眉除了我是誰之外，還有什麼好朋友？」

「白衣大俠方振眉相交滿天下，但交情最深、共死同生齊患難的知交，除了我是誰，還有盛極桃花劉惱惱，另外一個，就是『太湖神釣』沈太公。我說的對不對？」

「對極了，與方振眉同期，除了『舟子殺手』張恨守之外，還有一位名動天下的殺手，他姓梁，人多稱其外號而不名之，他的外號，卻是妙極了，你可知道？」

「我當然知道，那是『員外』。」

「對，天下也只有一個像他那樣的員外。」

「那就是『殺手員外』。」

「我先問你這三個問題，爲的就是要講一個有關白衣方振眉、黑衣我是誰和殺手梁員外的故事……咦，你在幹啥？」

「我正在洗耳恭聽嘛。」

「你少來抬我上轎。我要說，總會說的。當其時，正盛傳『風雲鏢局』押解『啓蹕五霞瓶』赴山東岱廟，而精通『神偷八法』的俠盜楚楚令，要設法盜取這口寶瓶。『風雲鏢局』局主『神龍見首』龍非花認爲，只要請動方振眉插手，寶瓶才可望能保。不過，方振眉卻逗留長安，因爲長安正鬧元宵，展出了三千隻難得一見的花燈，方振眉捨不得在這時候離開……」

「嘿，玩物喪志，人都是好逸惡勞的，不管爲了口古瓶還是三千盞花燈，鬧出事體來總是爲物所驅，不智得很。」

「你這算是勸世文？要聽故事就少插嘴。這日，我是誰在長安道上臥牛崗附近的驛站歇腳，聽到幾個武林中人在竊竊私語，我是誰心中留上了神，只聽一個說：『嘿，這次一個不好，白衣方大俠可要栽在這裡啦！』我是誰一聽，更加用上了心，忽見坐在一個角落處，有一個銀髮老者，穿著商賈服飾，偏是目光閃爍有神，神態佻達，一點也不像普通商旅，也正留意這話題。」

「這老頭子究竟是誰？」

「你急什麼！聽下去自有分曉。我是誰只聽先前那個漢子低聲道：『方大俠遇危，咱們總該替他想點辦法；他一向除暴安良、施恩不圖報，而今他遭劫難，咱們就一籌莫展麼！』另一名漢子道：『大青龍，你要出頭，就冒出頭去！殺人員外要殺人，誰能阻止得了！』還有一名瘦漢子接口道：『連方白衣都招架不了的事，咱們又怎扛得上肩？這只有愛莫能助了。』我是誰這一聽，心中一凜！」

「他怕了不成？」

「胡說，黑衣我是誰一輩子裡，從來就沒有『怕』字！他之所以一驚，是因爲梁員外的確是殺手中的殺手，他恐怕方振眉真的會喪在『員外』的手下！」

「後人說黑衣我是誰，有冷血的勇，唐寶牛的猛，鐵星月的勁，邱南顧的狠，但他的武功、智慧，跟白衣方振眉仍有一段距離，看來連方振眉也未必收拾得了的殺手，他如何應付得了？」

「別太快下判語。話說我是誰對那老者留上了神，耳裡還聽那叫大青龍的漢子說：『據說，員外便要在花燈會上狙殺方振眉。是禍躲不過，只望方大俠吉人天相，沒讓那員外得逞就好了。』衆人又去議論別的事情，果然，那老者聽罷之後，顯出一副不屑、傲慢的笑容，站起身來，喝著夥計算賬，還嫌店裡的海味不新鮮，抄了擱在桌旁一枝長形布帛裹著的事物，提起桌上的簍子就走。我是誰一看，便瞧出這人武功底子不但好，而且怪異，是平生難逢之敵，料想那竹簍裡必有蹊蹺，而那長形布包，更是此人的犀利武器，說不定，這人便是『殺手員外』。於是我是誰偷偷尾隨著，跟蹤起這老者來……」

「我是誰何不先通知方振眉，一起來應付這個辣手人物呢？」

「他想先立個大功再說啊！我是誰常替方振眉幫倒忙，天下皆知，他這次想一雪前恥。於是不動聲色，追蹤那名老者，果見他往長安落腳，並且買了易容之物，還四處去打探方振眉看花燈的地點，觀察那兒的地形，然後再溜回房中。我是誰越發肯定，這人就是『員外』！」

「嘿！我是誰這時一定在想：只要我先把員外獨力擒下，還不讓我威風一次！」

「別的人怎麼想，可不一定，我是誰卻保證有這樣想過。當晚，他還悄悄的飛簷走瓦，到那老頭子房子裡去刺探，不料，待躡手躡腳的潛了進去，發現漆黑全無呼息聲，他初時正以爲員外已練到了呼息無聲、心跳無音的功力，但始終不放心，走近前去一看：原來床上根本沒人！我是誰此驚非同小可，連忙先溜回自己房裡，卻驀地感覺到房裡有另一人的呼吸聲，極盡輕微，不細辨決不可聞。」

「啊，敢情是那老頭員外，先潛入他房裡了！」

「說的正是。我是誰猛然察覺，大喝一聲，那人一震，我是誰便聽出了他匿身所在，兩人動起手來，在黑暗中，從房裡打到瓦上，碰破了七八片房瓦，人也三次摔落在別人的房子裡，交手四、五十招，仍未分出勝負。這時店家、捕役紛紛過來拿人，我是誰和那老頭都賠不起，又苦無指證對方的實據，不欲給人逮著。只好罷戰，各自回房，手裡撫傷，心裡痛罵，暗忖下次如何絕不放過對方，苦思下一戰如何尅制對方招式。」

「員外露了行藏，還會在長安花燈之夜，謀刺方振眉麼？」

「我是誰可沒想那麼多。元宵之夜，他就擠身在人群洶湧裡，認定方振眉的所在，只要員外一現身、一動手，他就決不輕饒。」

「長安城裡元宵的花燈夜，天下聞名，照想人那麼多，而地方又那麼大，我是誰怎麼知道方振眉會在哪兒出現呢？」

「你知道方振眉爲啥要留在長安？」

「爲什麼？」

「因爲劉惱惱。」

「『盛極桃花社』的大頭領，劉惱惱？」

「不是她。還有誰？天下間，還有幾個『惱惱盛極劉桃花』！」

「我明白了！」

「『盛極桃花社』就設在長安，劉惱惱的刺繡、斗數、煉丹、書法、製燈術，是爲五絕！方振眉與她數度是敵是友，既敵亦友，似敵似友，化敵爲友，這次去長安市看燈，自然便在『盛極桃花社』的『天方樓』上。」

「所以，我是誰只要把注意力全部集中在天方樓的欄台上，便可以找到方振眉了；既找到方振眉，也便可以找到員外。」

「同樣道理，我是誰用這樣的法子來尋找方振眉，要殺方振眉的『員外』，自然也不例外。」

「問題只在，員外殺不殺得了方振眉，我是誰阻不阻止得了員外？」

「對！」

「結果呢？」

「那晚花燈方起，天方樓上便簇湧出一位白衣瀟灑出塵的少俠來，花燈如畫，樓欄上反而較幽暗，我是誰自人群裡遠遠望去，正好是方振眉。果然，樓角上人影一閃，正是那老頭，藏身在天方樓的匾牌上！我是誰一看，這還了得！暴喝一聲，身形在人群中三起三落，借途人、燈客的肩膊飛躍掠向天方樓！」

「好！」

「好個屁！這一來，天方樓閃出十數名女高手，圍攻半空撲來的我是誰！」

「原來她們早有埋伏！」

「糟的是把我是誰當作了刺客！」

「我是誰面對一干女子，打也不是，不打又不行，只急得大叫：『財神爺，快叫她們滾開，不然，我可不容情了！』」

「財神爺？」

「熟朋友都叫方振眉爲『財神爺』，因爲他仗義疏財，結交的偏偏多是窮朋友，他就把口袋的錢，全挖出來請宴救急，故與方振眉交好的人，喜暱稱他『財神』。」

「這就不管了，怎麼那方振眉不理殺手員外，反而使人煩纏我是誰？」

「我是誰也確有過人之能，能一力衝開那十數名女子的刀陣，撲向老頭藏身處，老頭也飛身出來，似要阻止他掠進天方樓，兩人就在欄杆裡外交手，嚇得看花燈的人爭相逃散，亂成一團。十招一過，我是誰招招搶攻，豪勇驚人，一拳把老頭震傷。那老頭忽自椽上擷下放著的一根長竹，揮舞起來，原來是一枝魚竿，並自簍子裡掏出鮮蝦鮮魚，當作暗器，十三招後，魚鈎劃傷了我是誰的臉頰，兩人兀自苦戰不休……那方振眉看了一陣，急得跺足地問：『你們到底是誰？要幹什麼？』這位『方振眉』才開口，一作聲，我是誰和那老頭子都爲之怔住，因爲那根本不是他們所熟悉的方振眉的語音，從而想起方振眉除他們自己之外，還有三位武林知交的武功與特徵，一齊收招，跳開的跳開，忙了手腳……」

「我明白了，我明白了，難道……莫非——」

「這時候，紛亂中人影一閃，刀光一亮，真正的『員外』出現了，狙襲『方振眉』，『方振眉』已被我是誰和那老頭兒轉移了視線、擾亂了心神，看來就要遭了毒手，這時候，白衣乍閃，已扣住刀光，那『方振眉』驚魂初定，喜極叫道：『你回來了？』這次，誰都可以聽得出來，這是女孩子的聲音！」

「我知道了，假扮『方振眉』先在天方樓出現的，是方振眉的紅粉知音劉惱惱，而被我是誰疑爲『員外殺手』的，正是方振眉另外一位好友『神釣』沈太公！」

「不錯，你猜對了。我是誰糊裡糊塗，以爲沈太公就是員外殺手。沈太公也自作聰明，他原與方振眉是忘年知交，自從臥牛崗茶居聽得『員外』要狙殺方振眉的消息後，發現座上有個殺氣騰騰的大漢，便認定他是『員外』，也想先把他拿下再說。當晚，他們還莫名其妙的在黑暗裡大戰一番，而今又在天方樓上大打出手，反而使真正的『員外』有機可乘！」

「可是……我依然不明白爲何方振眉要叫劉惱惱假扮他，而不出面迎戰？」

「其實原因很簡單，方振眉叫他的朋友大青龍等人放出風聲，說『員外殺手』會在長安的元宵夜行刺他，而他暗中替風雲鏢局護鏢，其實是佈局要抓拿楚楚令。方振眉顧惜楚楚令的俠義作風，不想他落在別人手上，如果楚楚令知道他在場主持，必不劫鏢，所以他傳話自己人在長安，卻在岱廟把楚楚令候著，稍加挫敗後，反而放了他，兩人竟結爲知交。方振眉卻仍心惦念劉惱惱的安危，便日夜兼程，圖在元宵夜前趕返長安，幸好及時趕到。本來，以劉惱惱的武功智慧，『員外』真要殺她，談何容易，但卻給我是誰和沈太公亂了心神，幾乎遭了毒手……」

「那麼，方振眉有沒有逮著員外呢？」

「給我是誰這麼一鬧，方振眉只能打跑了員外，仍拿他不著。不過，這段故事，也算是黑衣我是誰和神釣沈太公不打不相識的一闕笑話、一段佳話。」

稿於一九八六年五月二十四日
與梁四、蔡五及陳三談足十二小
時
校於一九九〇年二月四日大年初
九
會小琪
重修於一九九八年二月十五至
十六日
荷蘭園與晴爆發大衝突，朱氷兜
事件劈炮大翻臉，傷感情／馮明
取我資料文學史刊用／AE批葉
附屬咭／芬生辰予鼓勵

九　張炭的炭

「唉。」

「你歎什麼氣？」

「我們所說的故事，故事裡的人物，大部分皆已作古，提起他們，徒惹感傷。」

「大江東去，浪淘盡千古風流人物，就連我們說話，一個字說完，那個字便消失了，一句話說完，那句話也就隨風而逝，長江後浪推前浪，一代新人換舊人，便是這樣流傳、更遞、變換、消逝、輪迴著。」

「只是青山依舊在，幾度夕陽紅，談古論昔，江山尚在，卻落得個物是人非，唉，唉，唉！」

「喂，你可別再歎氣了，再歎，可就令我想起了一個人。」

「誰？」

「張歎。」

「張炭？『飯王』張炭？」

「不是那個張炭。而是張歎，卻是歎息的歎。」

「爲什麼會想到『大慘俠』張歎呢？」

「張歎一向喜歡歎息。就算後來他被毒啞了，仍然歎氣不休。」

「對了，張歎是怎樣給人毒啞的呢？他又如何會跟『飯王』張炭和朱大塊兒結爲『七道旋風』中的兄弟和成員呢？」

「問得好。張歎被人毒啞，正因如此，才結識張炭。」

「這話怎說？」

「張歎是個駝子，傳說他擅觀天象，判斷吉凶，人們每次見他搖頭，都知道天下要亂了，豺狼滿街，小人當道，民心不安；只見他臉露微笑，大家便會有好日子過。他武功過人，自創一套『剋神斧』。更有趣的是，他本來是個踢毬高手，他的毬技在京城可說是所向無敵的，但見蔡京之類的地痞無賴，因善毬技而得皇上信寵，隻手遮天，顚倒是非，是以對踢毬不再狂熱如昔，下場時少，旁觀時多，他看見場中健兒，莫不爲一只毬兒在天底下你追我逐，爭個焦頭爛額，所爲何事？興起『究竟是人在玩毬，還是毬在玩人』的感慨，遂據毬場上的進攻防守、配合調度。創出了『旋風大陣』……」

「我知道了！『旋風大陣』，後來就是『七道旋風』的鎮山大陣，據說只有這『旋風大陣』，才鎮得住那『六合青龍』聯手合攻……」

「豈止六合青龍！就算『四大名捕』合襲，也難攻破他們的『旋風大陣』，想當年，那一役，當真名動天下！」

「說來這張歎跟那位張炭，真有『異曲同工之妙』，不結爲兄弟，實在沒天理！張炭精長於『伸偷八法』和『八大江湖』術。他的偷術，可以把武功高過他十倍之對手懷裡的銀子，輕取如探已囊。不過，偷歸偷、打歸打，他偷東西取勁講求輕、巧，打人則要運勁沈、猛，所以他偷得著，並不等於他也打得著人。至於『八大江湖』，使他在江湖上行走，處處通行無阻、順風順水、無往不利、貴人扶助。他又被稱爲『飯王』，嗜吃飯，不喜吃餚，對米飯敬如神物，且甚有心得……這跟張歎善觀星象、擅使『剋神斧』、精創『旋風大陣』，剛好各有三絕！」

「豈止如此，兩人簡直天生一對，張歎駝背，張炭則滿臉長豆疱子：張歎向自沈默寡言，張炭的話匣子一打開，除了唐寶牛，大概誰也制他不住。」

「可惜張歎遇上了龍八太爺，張炭則遇上『米王』萬玉！」

「龍八太爺？他不就是蔡京手下紅人，傅宗書眼前寵將嗎！」

「可不是麼！龍八知道張歎創了個『旋風大陣』，爲在蔡京面前討功，便要張歎授以『旋風陣法』要訣，以俾蔡京的毬隊，可以天下莫敵，在天子面前邀歡。張歎當然不肯，他這陣勢是用來抵禦金人入侵，並非娛閒作樂的，當下把龍八太爺派來的人，申斥一頓，不顧而去。」

「這一下，張歎可跟龍八太爺結怨了！」

「可不就是！龍八是什麼人！威逼利誘，俱不奏效後，便栽給張歎一條『妖言惑眾、私通遼寇』重罪，待批下緝捕公文之後，龍八又不動聲色，暗施毒計，派了休生和侯失劍去對付張歎……」

「不好了。」

「怎麼不好！」

「休生外號『粉面白無常』，是綠林道上一把硬點子；侯失劍又名『血鹽』，心狠手辣，全是難惹之輩！」

「這便是了！若明刀明槍，張歎絕對可以應付，但休生和侯失劍兩人一上來就涎著笑臉，說是相爺府要請張歎榮任毬藝總班頭，張歎推得了公事來，拒不了飲酒，酒一下肚，藥力發作，渾身發軟，剋神斧又沒擱在手邊，便被擒押至龍八處。龍八忒也真狠——」

「怎麼樣？」

「他一照面，立即先囑『血鹽』侯失劍把張歎毒啞，再剜了他的舌頭，然後毒打成招，替張歎畫了供押，拖出街市，封了他雙腿穴道，把他雙臂鎖在石柱上，並在牆上貼布他私通外賊的罪狀。這一來，他可慘了——」

「遇上這種歹毒人，想不慘亦幾稀矣。」

「民眾常是愚昧的，信以為真，大家對金兵入侵，姦淫擄掠，恨之入骨，以為張歎罪大惡極，不管是城裡百姓，還是過路客旅，一見張歎，就踩一腳，打一拳，吐一口唾液，有的還砍上一刀，用石子扔他，兩天下來，張歎已是奄奄一息，因已失聲，苦於無法申辯，並且全家皆被龍八誅殺，此時此境，只能望天慘歎。」

「天地不仁乎？我現在才明白，人稱張歎為『大慘俠』的由來。」

「兩天後，張炭剛好經過，一見牆上貼的檄文是『張歎』，心中已然一動，心念這張歎一向是條好漢，怎麼淪落至此？再看他已不成人形，再觀察到張歎穴道受制，不能言語，心知有異。朝廷草菅人命，陷害忠良，張炭早有所聞，藉故貼近張歎面前，作狀要揍打揮拳，暗下低語道：『你是不是給冤枉的？』張歎只『啞』的一聲，張炭聽得出來他已失聲，當下心中疑惑更甚，沈聲道：『若你真的犯罪，他們又何需把你毒啞？我信得過你是無辜的，你好自爲之吧！』這時候，衛兵便來吆喝，把張炭逐走。」

「啊，敢情張炭等天一入黑後便去營救張歎？」

「入夜之後，張歎便被押入天牢，張炭欲救無從。」

「難道張炭就任由張歎被折磨至死不成？」

「誰說他不救張歎？其實他已經動手了！」

「你是說？」

「他貼近去與張歎耳語的頃刻間，已解了他被封的穴道，和雙腕上的鎖扣，張炭的妙手，確是天下一絕。」

「好哇，張歎可逃出生天了？」

「總算逃了。」

「他有沒有把龍八、休生、侯失劍一斧殺了？」

「殺龍八太爺，談何容易？這回倒是張炭遇難了。」

「對，你剛才提過，他得罪了『米王』萬玉？」

「米王『萬玉』，是城裡最有錢的商賈，上通官府，下結匪盜，生意愈做愈大，在米糧買賣方面，他有一百多家店舖，誰都要看他的臉色。他吸納了三名武功高強的手上，叫做『連雲三亂』——」

「馮亂虎、霍亂步、宋亂水！」

「你說得對！就是他們！」

「但『米王』和『飯王』，原本沒啥衝突呀！」

「壞就壞在張炭是『飯王』，萬玉是『米王』。萬玉把一號米摻上糙米來賣，別人嘗不出來的不說，就算喫得出來的，也噤若寒蟬，不敢聲張。偏是張炭，那年冬天，在酒館茶樓，飯一入口，眉頭一皺，便大呼：『劣米！』連隨問店家是哪家米莊的貨，店夥卻不敢說，張炭搖首笑道：『必然是萬玉米莊的貨，實在是喪盡天良，縱連小孩子都騙不過！』這句話是當眾說的，傳到萬玉耳中，怎不叫他勃然大怒！」

「糟了，這種人睚眥必報，必定會對張炭不利！」

「所以萬玉便設計害張炭了！」

「怎麼個害法？」

「萬玉跟龍八太爺，一向都有勾結。龍八便傳見張炭，說他將設壽酒，要請張炭選最好的米飯以供筵宴。張炭不喜與官商往來，只嫌煩瑣，婉轉堅拒，龍八也不相強，只請侯失劍餽贈禮品，送走張炭。那些饋贈，張炭原也不想接受，但不好事事拒人於千里之外，只好勉強收下，想俟他日再遣人送回龍八手上，不料……他還是棋差一著。」

「怎麼著？」

「他才步出龍府，時正隆冬，漫天風雪，龍八就教侍衛喝住搜身，搜出禮物，原來是龍八要進貢皇上的『玉蝶蟠龍盃』。這一來，張炭向以妙手空空名成江湖，龍八反口不認，指明張炭盜竊，張炭這回，可真的是百口莫辯了。」

「他又教龍八拿下了？」

「他可機敏得很，一看情勢，心知事無善了，龍八擺明了設計陷他，決不會讓他活著回去，說什麼都該一拚，於是，堅不受捕，施展渾身解數，力戰要抓他的人。」

「唉呀，張炭盜技堪稱難有人出其右，但手底下的功夫，可不怎麼——」

「但他曾痛下苦功，練成『反反神功』，對方功力愈強，他的反擊力就愈大；而且，他可以雙手同時施展兩種迥然不同的功力，相反相成，反挫力更大，『血鹽』侯失劍和『粉臉白無常』休生，還有一干本來就埋伏好了的侍衛，都取之不下。」

「這下可好。」

「先別叫好，張炭這一動手，便被人當叛賊來看待，萬玉便負著『奮勇除奸』之名，率馮亂虎、宋亂水、霍亂步，聯手包圍，合攻張炭，這一來，張炭雙拳難敵四手，終於遭擒。」

「這怎麼是好？」

「龍八『論功行賞』，竟把張炭發給萬玉懲治。」

「這算什麼？簡直是官商勾結！張炭犯法，身爲商賈的萬玉有什麼權力去懲罰張炭？」

「要是真有王法，當時就不會天下大亂了！當朝不乏沒有見識、有肩膊的忠臣良將，只是大都不見用，大好江山，雙手讓人，而朝廷官吏，七分對內三分向外——」

「三分向外，也只是向民眾壓榨，對付老百姓，阿諛外寇而已！」

「便是如此。張炭落入萬玉手中，可謂求死不能，萬玉在回府的路上，便想先挑斷張炭四肢經絡再說。」

「啊，這怎生使得？」

「使不得，也死不得！眼看張炭這一條好漢，就要毀在萬玉手中，忽聽一聲怒吼，一人揮舞大斧，一身紅袍，自天而降，一輪急攻，逼退『連雲三亂』。在紛亂中伸手間替張炭解了綑、鬆了綁，兩人並肩聯袂禦敵，鮮血染紅了長街。」

「好啊！敢情是張歎報恩來了！」

「正是！張歎、張炭聯手，精神抖擻，實力大增，龍八太爺聞訊，忙把侯失劍、休生和身邊愛將李太獨一齊調出急援，可是當他們趕到的時候，張歎、張炭已合力重創了萬玉，連雲三亂也眼見不敵，早作鳥獸散去了。」

「真是無膽匪類！」

「事實上，誰是兵，誰是賊，又有誰分得清？龍八部隊趕到，大呼捉賊，張歎和張炭眼見敵眾我寡，不敢戀戰，便殺出血路，沒命似的奔逃，一直跑入深山，才敢稍事歇息。」

「總算他們還能逃出生天。」

「兩人生了柴火，獵了隻野兔充飢。火光照在二人臉上，一時都說不出話來，但這兩個人，都成了無家可歸的『強盜』了。張炭說：『謝謝你在這危急關頭，前來救我。』張歎沒有答話，他也答不出話來。他只指指燒成炭灰的薪火，再指指飄降的冰雪，然後又指指自己的心……」

「張炭明白嗎？」

「他明白的。」

「張炭曾對他雪中送炭。」

「所以他也對張炭臨危相助。」

「可歎世人多下井中石，多添錦上花，鮮少人會送雪中炭。」

「因此張歎和張炭，結成了生死莫逆的兄弟。」

稿於一九八六年六月十九、二十日
萬盛王達明來電答允所提之事，與林振名夫婦敘於北京樓
再校於一九九〇年二月五日
中泰賓館會陳銘民、鄭羽書
重修於一九九八年二月十七、十八日
梁回港資料寄中國作家辭典編輯王景山／珠百買水晶／與銘約定見面事／康失所蹤，開始耽心，多次派何梁查詢均無功

十　唐寶牛的牛

「誰都曉得張炭曾爲唐寶牛出頭，而唐寶牛也爲張炭拚過命。既然他們是一對好朋友，後來又結爲兄弟、有什麼理由你只說張炭的故事，而不講唐寶牛的傳奇？」

「誰說我不講？唐寶牛這人好玩極了，不講他的故事，講誰去！你可知道張炭最精通什麼？」

「『八大江湖術』和『神偷八法』呀！」

「『神偷八法』，暫且不說，『八大江湖術』，卻是什麼？」

「聽說是金、批、彩、卦，風、火、雀、耍，還有洪門、哥老會的八種祕密的技法……」

「張炭的八大江湖術，並不是這些。」

「那是什麼？」

「那也是八種不同的技法，恃之以行江湖，無往不利、無路不通、無人不助、無可不可的……」

「有沒有加上無惡不作？」

「胡說！張炭可是這種人？」

「就算你說得對，那麼他的八大江湖術是什麼？」

「那包括有：易容術、相法風水茅山術、追蹤術、賣藝雜技掩眼法、各路幫派的暗號手語、千術賭術騙術、歧黃醫理、從馬幫鏢行丐幫到各行各業的祕技密法，是爲『相易、醫賭、聯蹤、暗技』八法。」

「那不是很有用？」

「當然有用！」

「難怪張炭在武林中可以通行無阻、逢凶化吉了。唉，相媲之下，唐寶牛豈不是不如人得很麼？」

「誰說的？」

「唐寶牛不諳『八大江湖術』呀。」

「唐寶牛雖然武功不高，好大喜功，不過，他待朋友，素以至誠，他一腔熱血，就算八大江湖術一竅不通，也不愁沒人患難相助！張炭雖精通八大江湖術，並且能夠巧妙運用，但煩惱也因此而生。」

「怎麼說？」

「你可知道授以他八大江湖術的人是誰？」

「那至少有八個師父了？」

「正是，其中一個師父，便是有名的『肥水不落別人田』的田老子！」

「田老子？這人可是著名惡人！他教張炭什麼？」

「跑江湖、玩雜技、變戲法、賣本事，一切江湖著名的本事兒，他都精擅。這人也可以算是張炭八個師父之一。」

「跟這樣的大惡人在江湖上混，可不好受，看來，一個人師父太多，本領雖說是多了些，但跟老婆太多、學問太大一般，都是一樣的自尋煩惱。」

「一日爲師，終生爲父，張炭還是對待田老子爲師父！後來，張炭另投門戶，並且出來江湖上揚名立萬，田老子也在鷹潭一帶安定下來，與他那一家江湖賣藝的門徒，漸漸的坐大起來，廣收門眾，勢力日益強大，不管跑江湖的在哪一省哪一縣哪一鄉哪一市哪一鎮賣藝，都得要分他一成利潤才行。」

「嘩，田老子這樣想，不發亦庶幾難矣。」

「不然他又怎會被人稱爲『肥水不落別人田』！」

「這跟地痞流氓收紅討禮，有何兩樣？」

「便是，所以張炭回到鷹潭老家，要勸田老子——」

「勸他？這個惡人怎會受勸？」

「這叫秀才遇著兵有理說不清，回到家鄉：才知道田老子不但坐地分贓，還爲了牟利，不惜大事砍伐山林，釀成決堤水患，家鄉面臨滅頂大難災禍。更絕的是，他還娶了原與張炭有婚約的小師妹王小慢！」

「什麼？這還像話？那女子也肯嫁他？」

「不嫁人又如何？誰比田老子惡？王小慢外號『松風』，本就柔順過人，張炭見此情狀，也只好在天涯作個傷心人了！」

「這……張炭……這都能忍得下的？」

「田老子畢竟是他師父嘛……不過，更可惡的是，田老子居然惡人先告狀，怕張炭會對付他，趁他一個不備，派座下『十二生肖』把張炭出奇不意地截住，要把他大卸八塊，五馬分屍。」

「張炭這下可完了！」

「完不了！這時候，張炭的結拜妹子雷純，挺身相救，以京城裡『六分半堂』總堂主掌上明珠的名義，指明要抓張炭回去受極刑……既受極刑，便一定要活人，田老子膽大包天，但還不敢招惹當年京城裡第一大幫會的六分半堂，也樂得假手於人除去這『逆徒』，便把人交給雷純，張炭才得以逃出生天。」

「雷純確是『六分半堂』雷老總的獨生女兒，田老子不過是江湖上討飯喫的惡霸，還不敢跟京城裡黑道老大對上拳腳，雷純要救張炭，倒是不難……這下張炭可就有火了罷？」

「火？他垂頭喪氣，唉聲歎氣的，真正光火的是他的結義兄弟——」

「唐寶牛？」

「對！後來，這事終於給唐寶牛知曉，他才不管什麼田老子是什麼人的師父，總之欺侮他義弟的就老子不許！他也不告訴張炭。氣沖沖、興沖沖、怒沖沖的就趕到了鷹潭。」

「哇，唐寶牛的牛脾氣發作了，這可就有好戲瞧了！」

「田老子可也不是省油的燈！他聽說唐寶牛替張炭找碴來了，他立刻調兵遣將，把座下的『十二生肖』，在往田家莊的唯一通道上，佈下『雷池大陣』！」

「雷池大陣？」

「對！雷池大陣一佈，休入雷池半步！」

「唐寶牛闖不闖得過去？」

「唐寶牛力大如牛，豪勇過人，但他還是闖不過去！」

「他闖不過去，那唐寶牛豈不是只帶頭出外？」

「什麼只帶頭出去？」

「丟臉丟到家裡嘛！」

「唐寶牛的牛脾氣一旦發作，可是非同小可！他闖不入『雷池大陣』，但憑區區『十二生肖』也休想害得了他！結果，他一怒之下，就去找他的兄弟狗狗……」

「去找沈虎禪出頭？」

「非也，他找的是狗狗。」

「狗狗？對付這種惡霸，不找沈虎禪卻找狗狗做什麼？」

「你可知道狗狗擅長什麼？」

「禦禽驅獸的本領呀！」

「對了，唐寶牛找到狗狗，就跟他說：『咱們一場兄弟，你只要借我三樣東西，不必管我，更不要你幫我！』狗狗不知他要幹什麼，也唯有相借了。」

「唐寶牛借走的是什麼？」

「借走？嘿嘿，一頭大象、一隻野牛、一匹健馬。」

「他要這些東西幹嘛？難道開萬獸園不成？」

「他就憑這三種動物的衝力，加上他自己的神威，硬生生把『雷池大陣』衝開一道缺口，隻身闖入田家莊！」

「好！唐寶牛要隻身闖虎穴，田家莊這回可有難了！」

「田老子雖是惡名天下聞，但也是條硬漢，一見唐寶牛單刀匹馬，過關挑戰，他也捋起袖子，迎了出去。唐寶牛本來就高大威武，身高六尺一，熊背虎腰、虎目、刀眉、突額、大嘴，虯髯滿臉，全身肌肉，如同堅石，隨便跨上一步，都比常人三步來得闊，少習『十三太保橫練』，真有天神般似的威猛。可是田老子也不簡單，身高六尺四寸，全身的筋肉如鐵鑄鋼煉，渾身像犀牛的皮革，加上他所修的『先天一炁』神功，幾乎刀槍不入；他厚頰豐頭、獅鼻闊口、皓齒森然，太陽穴高高鼓起，滿臉髫子，髮腳交纏一起，海碗大的拳頭，走動的時候像一座山，握拳的時候發出橡實爆裂一般地卜卜作響……這兩人遇在一起，可真是半斤八兩，誰也沒佔誰的便宜，準有一番龍爭虎鬥了！」

「誰說沒佔便宜！」

「是誰佔了便宜？」

「唐寶牛隻身闖入人家地頭，敵眾我寡，必然吃虧，難道田老子肯跟他單打獨鬥麼？」

「不到田老子不肯！一來，田老子見他敢單刀赴會，也欣賞他的膽色；二來，唐寶牛一上來就向他指名叫陣：『姓田的，你有種就單對單，跟唐巨俠我來見個勝負存亡，痛痛快快！你要以多爲勝，你唐爺也決不皺一皺眉頭！你也算江湖上叫得響字號、立得起拳頭的，窩頭藏尾的，就不叫英雄好漢！』這番話兌住了田老子，不由他不應戰；三來……唐寶牛身爲『七大寇』之一，上有沈虎禪，旁有方恨少，下有『狗狗』這些出色人物，田老子也還真不敢擺他的道！四來……」

「還有四來麼？」

「四來，田老子的『先天一炁』與唐寶牛的『十三太保橫練』，同樣稱絕江湖，田老子也想跟他一分高下！」

「好極了！」

「你這麼高興幹啥？」

「田老子要不這樣想、我今天哪有戲可聽？」

「說的也是。於是田老子就先行問明唐寶牛的來意，許是他作惡多端，這回心血來潮，聽後便在莊裡來客和弟子面前應承：『我敬你是一條漢子，不以人多欺你！你我就在此地鬥上三場，你要是勝得了，我便擷下這田字招牌，再不徵取天下賣藝者半文，還立刻停止砍木伐樹。還有小慢，她要是願意改跟姓張的，我也隨她的便，決不爲難！』然後田老子又問上一句：『要是你敗了呢？』唐寶牛虎目圓瞪：『立斃當堂，絕無怨言，任何人不必爲唐某報仇！』田老子也爲之瞠目道：『你只不過是爲朋友出面，何必如此賣命？』唐寶牛哈哈笑道：『不賣命，何謂替朋友出頭？朋友本來就是交來賣命的，有命不肯賣，放兩分本錢怕賠三分利的，誰肯跟你交生死！』田老子把大拇指一伸，道……」

「好！有種！」

「噯，他也就是說這一句。」

「別來這一句了，究竟他們那一戰到頭來怎樣了？」

「這三陣都比拚得相當劇烈。叫做：『上刀山』、『下油鍋』、『入火海』。」

「這三陣的名字，似乎都不怎麼出奇。」

「奇是不奇，但決不是人拚的。」

「怎麼說？」

「我先說第一陣，那是『上刀山』。所謂『上刀山』，是兩人各給對方打三拳，要實接，不能閃躲、還手，然後，先喝一大桶冷水，再翻滾過一張有七百三十一根尖釘的鐵床，然後下來飲三大杯辣椒水……」

「什麼！他們都是力大沈猛、碎金裂石，硬推對方三拳，那豈不——」

「所以兩個人都重傷咯血，但仍咬牙苦撐，決不閃躲，還飲下冰水，再滾刀床。」

「老天！內傷的人切切不可飲水，喝水也不能沾涼的，更不能吃辣，他們還要滾刀床，那……」

「因此，他們背上各冒著數十點血珠子，混成一片血污，還去鯨吞下內外傷患者萬萬不可沾的辣水，結果，兩人都撐了下來。」

「唉，好漢，真是好漢！」

「然後，兩人便去拚第二場『下油鍋』！」

「下油鍋？」

「下油鍋可簡單了。把一柄燒紅了的刀子，沒有刀鍔，擺在一沸騰的大鍋水裡，有膽色的人，便赤手伸入沸水裡，把刀子撈上來，並且要一折而斷，這才算下了油鍋！」

「天哪，這是什麼玩意？」

「結果，兩人都辦到了。」

「這樣豈不是一條膀子都得廢了？」

「廢不了，這倒是全靠他們的內功到家，但也皮焦肉綻，痛苦不堪，兩人哼都不哼一聲，就上了第三陣。」

「兩虎相鬥，必有一傷，這還要再來第三陣？」

「第三陣便是『入火海』。兩人在一條焚燒的火圈裡，先把全身浸濕，再躍入火海內對決，誰要是敗了、或挺不住退出火圈，便算是輸。兩人都是硬漢子，全身都著了火，仍未分出勝負，誰都不肯先行躍出火圈。這可把在旁圍觀見過江湖上大風大浪的漢子，全急壞了。」

「結果怎樣？」

「兩人比拚半天，汗流如雨，血流如汗，唐寶牛忽道：『在裡面拚，沒意思，咱們再來第四陣，你敢不敢？』田老子拚豁出性命了，便道：『有什麼不敢的？你儘管劃出道兒來！』唐寶牛叱道：『好！咱們來套新鮮的，先退出去，誰被打得進入火圈，便算是輸！』田老子正覺火熱難耐，乍聞此語，正中下懷，便欣然躍出火圈。」

「唉呀，我明白了……」

「田老子被唐寶牛所騙，跳出火圈，算是輸了。」

「那麼，田老子有沒有履行諾言？」

「田老子的人雖霸道，但終究是一言九鼎的人，而且，他也打從心裡服了唐寶牛的有勇有謀。」

「嘿，這樣看來，田老子還不能算是窮凶極惡的人。至於唐寶牛，別看他一股牛勁，腦筋還挺靈活的呢！」

稿於一九八六年七月十一日

在「星洲日報」撰寫專欄「溫室」、「南洋商報」撰寫「溫文」專欄、通報撰寫專欄文章「溫室」期間

校於一九九〇年二月六日會達明王談周刊大計／「中華日報」約撰武俠長篇

重修於一九九八年二月十九日

半夜訪康空屋無人，又氣又耽心／為楚失蹤而急／好世界遇方，

始知搬遷事，正買傢俬，周女迫人太甚也／約瞿萬田會面／買水晶／與晴聚餐於穆斯林，知平安便放心／簽訂與沈慶均合約（全集）／探方新居

十一 遊俠納蘭

「歲月如流，彈指匆匆，萬事雲煙忽過。不知不覺，咱們已說了十個江湖上出色人物的故事了。」

「十個？有那麼多？」

「怎不然，從大俠蕭秋水、神相李布衣、到冷血、追命、鐵手、無情的四大名捕，到白衣方振眉、黑衣我是誰，外加唐寶牛和張炭，不是十個了嗎？」

「那麼，誰人會是第十一個？」

「納蘭。」

「遊俠納蘭？」

「少年遊俠納蘭。」

納蘭布衣芒鞋，年少英秀，身背阿難劍，天涯江湖行。最難得的是，他極疼愛小動物，他待所有的動物都像待人一般，常年吃素，甚少殺生。」

「對，聽說他有幾次與人惡戰，便只是爲了不許虐待畜牲，他對小動物都如此寵護，對人就更有情義了。」

「這便是了。我今天要說的，便是他爲了一隻小狗狗，不惜跟極強大的敵人周旋的故事。」

「好啊！說，說，趕快說。」

「慢著，在講述之前，我還得要問你一個小問題。」

「唉呀，又是這種臭規矩！你儘管放馬問過來好了。」

「你可知道納蘭師承何人？」

「我只知道他有三十一個師父，其中一個便是神相李布衣。」

「你知道他爲什麼會拜那麼多的師父？」

「這……這我可就不知道了。」

「他跟每一位師父學習特長，以及劍術。他那些師父們有的很有名望，有的名不見經傳，但都有各種各式的奇特本領，有的善於在絕境求生，有的能日行千里，有的善於相馬，有的精於騎術，有的擅於弈藝，有的是易容高手，有的是潛泳名家，而且他們都有一個共同的特長……」

「什麼特長？」

「劍術。這些人都必擅於用劍。」

「哦？」

「納蘭便是通悟這卅一家劍術，以俾創出自己一套劍法來。」

「凡人要有所創造，必須要有深厚的根基，且對傳統有所體悟，否則難成大器。聽說納蘭練劍很奇特，他常在旭陽初起和月兔東升時練劍，而在日麗中天或皓月當空時，劍術發揮得最淩厲無瑕。敢情這叫吸收了日月精華，幻化成天地正氣所致罷！」

「這也有道理，所以，他的劍法很有名，就叫做『小夢劍影』。」

「而他使的劍正是『阿難劍』。」

「所以有一段時候，這把劍在武林中出的風頭，決不在當年沈虎禪所使的『阿難刀』之下。」

「奇怪，沈虎禪的阿難刀與納蘭使的阿難劍，究竟有沒有淵源呢？」

「這點我容後再說。」

「你又來賣關子了，不過，話說回來，納蘭那麼多師父，在江湖上行走，總是方便一些。」

「師父太多，也有師父太多的不便之處。」

「你這話可教我難明。」

「其實也並不難明。有一次，納蘭到了集集小鎮，本待休歇，忽見幾個少年紈袴子弟，正在虐待玩弄著一隻小犬，他們把牠的尾巴倒提起來，用麻繩綁住牠的鼻嘴，大力踢牠的肚子，『蓬蓬』有聲。小犬嗚嗚的叫著。一個衣衫襤褸的小童正在哀求：『大少爺、二少爺，您行行方便，就放了小豬豬吧。』可是這兩個小少爺就是不理，還用利剪去剪小狗的耳尖——」

「哼嘿，人性本惡，不但對同類傾軋殘害，對不是同類的更自以爲優越，趕盡殺絕！」

「你且聽我說下去。那大少爺說：『我這是教你如何養狗。這隻野種，不如煮來吃了。要養名犬，就得給牠好吃的，你自己可只吃泥吃草，哪有好吃的餵牠！』那窮孩子只顧流淚，二少爺氣起來也踢他一腳，對大少爺說：『爹說要養好狗，就得要牠雙耳高聳，尾巴上翹；就得要替牠修剪耳朵，削掉尾梢，你看如何？』那大少爺撇撇嘴，手指直截小狗的鼻子，邊笑道：『你看，這哪兒是好狗！好狗兒一見外人，必貼近他的腳邊，以使對方無法起腳呢！這只是隻笨狗！』二少爺拾起一塊石頭，說：『既是蠢貨，不如砸死算了。』忽聽一個聲音喝道：『放了牠！』」

「這自然是納蘭所說的話了。」

「當然，可是那兩名惡少一向橫行慣了，自是不放，二少爺還戟指怒罵，搶過家丁的一把割鹿刀，一刀就揮了過去。不料眼前人影一花，納蘭已把小犬一手奪回，交給那個窮小孩，大少爺怒不可遏，揮拳便打，納蘭一閃身便讓開了，只說：『我不跟你們打。』」

「怎麼不打？該好好教訓這兩個小王八呀！」

「人家哪有你這般的好勇鬥狠！納蘭轉身要走，忽聞刀風，猛回首只見那二少爺竟揮刀去砍那頭小犬，這下距離太遠，搶救不及，納蘭飛起一腳，踢中二少爺臀部，把他踢得斜跌出去。那二少爺刀勢一挫，反而在窮小孩臂上劃了一道又深又長的刀痕，血湧如泉，那窮小孩痛得哭成什麼似的，大少爺心慌起來，見納蘭正看顧那小孩子，忙抓了小狗，拉著二少爺往家門就跑。」

「結果也不是一樣，動手了！」

「可不是逞了你那好戰之人的心意了！當下納蘭先替小孩止血，請路人看顧著，氣沖沖的到了那座豪邸門前，指明要那兩名惡少賠醫藥費！路人都悄悄過去勸他：千萬不要招惹是非，否則會有殺身之禍，因爲這府邸是當朝酷吏索元理的老家，索元理逼害異己，殺人如麻，還發明了數十種酷刑，給他『整』過的人，有命活得出來，都不復人形，誰不怕他？何況他還禮奉著好一些武林高手，爲他效命，這人可是誰也惹不起的！」

「索元理？這惡官可是以處人極刑爲樂，據說他喜歡看人腰斬，被腰斬的人，不會馬上即死，肝腸滾得滿地，他還要地上鋪熱沙，見斷腰的人滾彈哀號的模樣。他還喜歡先自犯人後腦至背脊開一道刀口，然後以熱鉛漿和水銀灌入犯人皮裡，親眼看他們整個血肉自皮下滾轉出來爲樂。可慘的，是這些受害者大都是忠良剛正之士，得此下場，可真是——」

「你別說了。讓我說下去，好不好？」

「好，好，像這種不是人的人，我也不想多說，說了要污了嘴巴。」

「納蘭對索元理本就恨極，直闖索府，那些護院和家丁想要攔阻，可怎是納蘭的對手？納蘭就是要索元理的家人交出小狗，賠湯藥費。其實，他心裡知道索家的人一定不會放過那小孩，想索取一筆款子，好讓這小孩和他家人早日遠走高飛，以免又遭滿門慘禍。」

「周到，可是危險！可不知能否借此良機，把這狗官宰了？」

「索元理是當朝命官，怎能說宰就宰？他正在京城任事，並不在府邸內。可是，索府裡卻跑出一名總護院，手執五節棍，搶身攔住納蘭——」

「什麼？先等一等！五……節棍？」

「對，就是五節棍！二節棍、三節棍，有的是人使，使到四節，已屬鮮見，那人使的卻是五節軟棍，更是難上加難，難中之難！」

「五節棍？莫非他就是『雪地梅花虎』丁好飯？」

「正是他。此人雖是索府護院，倒沒什麼劣行。他以爲是有人來撩撥，藉機要點盤纏，心忖：這倒是太歲頭上動土了。於是不由分說，展開五節棍，潑風灑雨似的猛攻納蘭，納蘭一味閃躲、遊鬥、遽然出劍，劍長七尺，有五尺竟是劍柄，以劍柄反纏住五節棍，劍尖抵住丁好飯的下巴，冷冷的道：『我不想殺你，快叫索家的人賠款！』」

「丁好飯這回大概嚇得五魂去了七魄罷？」

「可是這時忽有人沈聲道：『你幹什麼？快放下劍！』納蘭聞聲一看，連忙收劍回鞘，那人又喝道：『你這算什麼？還不向丁師兄賠罪！』納蘭連忙賠了罪。那人——」

「怎麼？納蘭著了邪啦？」

「不是中邪，而是來人是他過去的其中一位師父，曾經教過他如何辨別酒菜中有無毒藥、迷藥、而且精於『潑風劍法』的——」

「我知道了，『大潑風』趙荒煤！」

「你倒記得清楚！趙荒煤懷才不遇，反得索元理重用，在索家任管事之職。」

「這下可真是跟納蘭對上了。」

「可不是嗎？師徒兩人見面，又怒又喜。納蘭只覺一日爲師，終生爲父。趙荒煤怒罵他荒唐，摑他一記耳光，他都默默承受，不敢還手——」

「這可不行哇！那頭小狗和窮小孩的傷……」

「就這兩點，納蘭說什麼也堅持到底。趙荒煤跺腳罵道：『你是什麼東西，敢到索大人家裡來搗亂！還不滾出去！』納蘭就是不走。趙荒煤怒叱：

『你要隻小狗幹啥？我人在這兒管事，難道你敢跟我動手？』納蘭搖首，但就是不走。趙荒煤口氣軟了點，歎道：『我知道近日你在江湖上闖了點名氣，已經沒把我這個老人瞧在眼裡了，但你總不能因爲一隻小狗，來跟我過不去吧？』納蘭惶恐搖首，眼裡漾起淚光，只說：『不是這樣的。』趙荒煤見他左勸不聽、右勸不成，軟的不吃，硬的不肯，心中也大是有氣，臉色一變，道：『好啊！你既然敢以下犯上、欺師滅祖，我就成全你吧！』於是拔出了他的『潑風劍』。就在這時候，圍觀的人極多，有很多還是趙荒煤新收的徒弟，都要看這場比鬥。索元理的二弟索元義也來了，他早已向莊丁問明了一切，要看趙荒煤如何處理這樁子事。」

「聽說索元義跟他老哥是迥然不同的兩個人。索元理貪婪無度、作惡多端、官高權重、惡名昭彰，索元義溫和厚道，喜結交天下英豪，但卻失意官場，處處受其兄掣肘。」

「是有這個傳說。不過，這件事已鬧了開來，形勢所逼，趙荒煤非要與納蘭動手不可。他的大潑風劍，用的是一柄七寸闊、六尺長、半寸厚的『大劍』，一展開來，索家的院子再大，也如同受風吹雨襲，狂潮洶湧，直把圍觀的人逼得眼睛都睜不開來，直往外退。納蘭的劍細人瘦，施展『小夢劍法』，反而往內迴避。這一來，趙荒煤的劍氣更為磅礡，大家見此決戰精彩，也忍不住跟進廳堂裡來。納蘭一直迴避閃躲，被趙荒煤的大潑風厚短奇劍逼得還不出招來。」

「師父不愧是師父。」

「慢著，忽然『崩』的一聲，納蘭身形微微一挫，似喫了點小虧。趙荒煤騰身便上，要把他制住。納蘭忽然長空掠起，破瓦而出，趙荒煤哪敢怠慢，急叱一聲：『哪裡跑！』亦穿瓦而出，兩人乒乒乓乓地在屋脊上交手。眾人抬頭，瓦礫落下，忙揮袖遮撥退避，只彈指間，趙荒煤和納蘭又落下廳來，納蘭手上的劍，已落到趙荒煤手中。」

「什麼，納蘭敗了？」

「趙荒煤卻把劍插在磚地上，跪求索元義姑念納蘭少不更事，網開一面；索元義卻有心結納，也已問明原委，自知理虧，不欲處分納蘭以致結怨，並向納蘭保證不會追究那窮小孩全家，願賠償藥費，且命兩位少爺交出小狗。叱責他們一頓後，一再力邀納蘭留下來為他效力索家。」

「哼!這可是醉翁之意，黃鼠狼給雞拜年，沒安著好心眼!你說的對，師父太多，也不見得是一件好事!」

「不過，納蘭執意要走，索元義卻也不強留，只令趙荒煤給納蘭送上一程。師徒兩人走後，索元義囑咐眾人收拾殘局，丁好飯卻來密告：原來索府裡要算他武功次高，他見這場惡鬥如此精彩絕倫，片刻不忍錯失，也自外簷躍上瓦面，看個究竟，卻目睹納蘭一上屋頂，只一招間，已一劍指住趙荒煤的眉心。趙荒煤整個人怔住了，只聽納蘭說道：『快!奪走我的劍!』等趙荒煤接過阿難劍，納蘭才躍回大廳裡……」

「哦，原來是這樣的。索元義上當了。」

「索元義卻淡淡的道：『這個我早就知道了。納蘭剛才著意閃讓，他要是全力反攻，趙師父早死過了二十七次了。』」

稿於一九八六年八月中旬

接待台灣「遠景」沈登恩夫婦／

並洽談合作出版期間

重校於一九九〇年二月七日
太陽城晤劉瑞琪，伊人台上演
唱，親切招呼相約
修於一九九八年二月二十日
命和葉最後見芳，伊念吾甚，卿
本佳人，奈何墮落，我不赴約，
何試探之。是為與芳最後聯絡

十二 雷損的損

「在京城裡兩大勢力：六分半堂與金風細雨樓的第一階段鬥爭裡，六分半堂慘敗，總堂主雷損命喪於金風細雨樓，你覺得公不公平？合不合理？」

「在人與人之間的殘酷鬥爭裡，沒有什麼公不公平、合不合理的，只有優勝劣敗，有時候，運氣比什麼都重要。毫無疑問的，雷損是不世梟雄，智謀武功，都足以領袖群倫，但金風細雨樓樓主蘇夢枕，也是一代人傑。兩虎相鬥，必有一傷。雷損深謀遠慮，仍然棋差一著，死在蘇夢枕的佈置之下。」

「其實雷損已死過幾次了，設想到這回兒真的死了！」

「對，他年少的時候，殺了當時『金風細雨樓』蘇遮幕的愛將『金風玉露』蘇春陽，六分半堂護他不住，便放出流言，說他被『迷天七聖』的人殺死了，待塵埃落地，他把對頭暗中一一收買，或逐個解決了，才又重出江湖。他青年的時候，曾捲入六分半堂的內爭裡，當時的總堂主雷震雷既重雷損之才，但也寵信堂裡的總護法雷陣雨。當時，雷陣雨要比雷損年長十歲，武功高強，甚孚眾望，雷損在聲望實力上，尚非其敵……」

「我也聽說過這個人。這百數十年來，蜀中唐門一直都是利用霹靂堂雷家的炸藥和火器，使得唐門暗器更加犀利、威力更猛。只有六分半堂雷陣雨反過來脅持唐門高手，把他們製造暗器的精密技巧，轉過來加強了雷家的火藥威力，是以在六分半堂裡立下大功，頗得當時六分半堂老總堂主雷震雷的信重。」

「雷損也有過人之處，他捨棄雷家著名的火器和『五雷天心』、『一雷天下響』、『五雷轟頂』、『雷霆一擊』等武功不練，認爲雷家功夫已有雷家子弟修習，雷門要獨霸天下，青雲再上，必須要拓展視野，吸收外來的武功。於是他去苦修密宗的『快慢九字訣法』，還斷了三隻手指，但武功也別出蹊徑，成爲一代宗師。」

「唉。」

「你歎什麼?」

「只怕這樣一來，一山更不能容二虎。」

「既生瑜、何生亮？兩個人材在一起，加上都有野心，都容不得對方，只怕事無善了……」

「的確是事無善了。雷損的資歷實力雖不如雷陣雨，但他頗爲深沈，處處忍讓，連雷震雷也覺得雷陣雨太恃才傲物、恃勢欺人，反而限制雷陣雨有過分舉措。雷損藉此恢復元氣，說服總堂主雷震雷，與城裡另一股勢力『迷天七聖』結合，他自己一面暗中與『迷天七聖』大聖主的胞妹關昭弟如漆如膠，另一方面與雷震雷的女兒雷媚打成一片，關係密切。而雷陣雨就不在意這種曲折法，只知勇來直往，雖然得到大部分堂口裡弟兄的支持，但對外對內，影響力則一日不如一日，已經成爲兩面受敵的尷尬局面。」

「看來，雷陣雨爲人還是太戇直了一些。」

「雷損覷時機成熟，遂慫恿『迷天七聖』的人，偷襲雷陣雨。雷陣雨重傷而成爲廢人，『迷天七聖』的聖主關七也因此役而致傷了腦部，成爲他日後變成白癡的伏因，『迷天七聖』的勢力，也從此一蹶不起，欲振乏力。這正是雷損一箭雙鵰、一石二鳥的高明伎倆。」

「這可真是鷸蚌相爭，漁人得利。雷陣雨跟關七拚個玉石俱焚、兩敗俱傷，雷震雷也難以責罰雷損。」

「雷損何等聰明？他先行引咎辭退，又要自刎謝罪。」

「雷震雷折了手下大將雷陣雨，怎能再讓他退隱和自盡？」

「便是如此，雷損就是看準了這一點。雷震雷只好大力挽留雷損。既要力挽，便不能重罰。雷損勢力，因而坐大，終於推翻了雷震雷，還追殺三千里外。直至雷損氣焰最瘋狂之際，一次失手殺了一名朝貴大官，又再面臨一次考驗。」

「這次他又出什麼花樣？」

「他出家當了和尚。」

「赫！這人！」

「在當時，無論多大的罪孽，一旦出家修道，即是塵孽盡棄，不能追究。雷損出家爲僧，的確免去一場殺身之禍，連六分半堂也不受牽累。他也趁這時候，擢升了外姓子弟狄飛驚，用他來監視約束雷門子弟，不許他們乘機作亂、恃勢行兇。」

「這也難怪狄飛驚對雷損忠心耿耿、忠心不貳了，原來他是被雷損在眾多雷姓子弟裡一手提拔出來的，知恩報德，理所當然。」

「他提拔狄飛驚也是萬全之策，第一是因爲狄飛驚是個人材。另外一個原因也很重要：狄飛驚終究不是雷家子弟，萬一意圖叛變，也煽動不了雷家嫡系的主力。而且，狄飛驚代表了新興一代的力量，與雷家高手雷動天、雷恨、雷滾、雷媚、雷嬌正好可以互相牽制，形成一個平衡的局面。」

「好一個局面！可是，雷損總不成真的一輩子對著青燈古佛唸經吧！」

「當然不是了。俟他的對頭在變化莫測的政海鬥爭中失勢時，而朝廷又需要道上的人號召武林同道暫時罷戰，以維護當權派重臣之利益，雷損此時便應朝廷、六分半堂之邀，重新執掌大權，所以，六分半堂才會有一個狄大堂主，一個雷總堂主的名號。」

「哦，原來是這樣的。雷損這次上台，更加躊躇滿志、睥睨天下了吧？」

「所以他也敢正面與『迷天七聖』爲敵。關昭弟勸他不要逆行倒施，結果弄得生死不明。雷損更結合了雷震雷獨生女兒雷媚的力量，把關七部眾打得幾乎全無招架之力，只好將勢力撤出京城。」

「哈！沒想到雷損長得那麼醜，卻蠻有女人緣！」

「嘿嘿，這也許就是俗人所謂的『桃花運』矣！不過，『桃花運』的反面就是『桃花煞』。他做夢也沒想到雷媚對他奪老父之權事記讎在心，早已暗裡加入『金風細雨樓』，成了蘇夢枕旗下『四大神煞』之首：郭東神！就在雷損孤注一擲，全面反擊金風細雨樓之役裡，雷媚在重要關頭，反而倒戈相向，一劍便要了雷損的命！」

「所以說，桃花是劫不是運！」

「這回真的要了雷損的命？」

「雷損的命可不易要。他『死』過幾次都翻了生。在對抗金風細雨樓的戰役裡，連蘇夢枕也幾乎上當。」

「那又是怎麼回事？」

「當其時，金風細雨樓的勢力壯大，駸駸然有後來居上、取而代之的聲勢。雷損眼看力鬥無功，轉而以謙卑的姿態圖存，待時機轉向有利時，才反戈殲滅金風細雨樓，偏偏蘇夢枕年少深沈，加上其父蘇遮幕曾與雷損鬥爭多年，深知其手腕技倆，所以貫徹始終，必殺雷損！雷損被逼與蘇夢枕正面交鋒，暗中授命狄飛驚，佯作跟蘇夢枕裡應外合，把他打落匿藏寶刀的棺槨中，引爆而死。其實，他是一跳入棺中，即自地下隧道逃逸，並馬上糾集雷門高手，趁蘇夢枕大獲全勝擺慶功宴之時，殺入金風細雨樓，把對方打個措手不及！」

「哎呀——可惜他還是死在雷媚劍下，要不然，這回金風細雨樓必然是一敗塗地了。」

「說來真有點可惜。雷損要不是遇上蘇夢枕這樣的對手，而又不曾造孽過重，使雷媚暗生叛心，加上如果蘇夢枕沒有獲得王小石、白愁飛這樣的好助手，可能到今天，京城還是雷損勢力的天下。」

「雷損這回可再不能翻生了吧？」

「能。」

「什麼？他沒有死！」

「不是。他的人雖死了，但他一向謹慎過人，暗留後路。在攻打金風細雨樓一役裡，他留下像狄飛驚這種人物坐鎮六分半堂，使六分半堂不因他萬一失手而群龍無首，而且也伏下復興、復仇的後著。如果六分半堂的長老『後會有期』不是硬要混進去，與雷損共進退、同生死的話，六分半堂偷襲金風細雨樓之役雖敗，但留下高手如雲，仍足以令金風細雨樓不敢小覷，這可以說是雷損的深謀遠慮處。」

「也就是說，雷損雖在斯役中死了，可是雷損的精神，並沒有死。」

「對雷損這種人來說，沈潛隱忍，可枯可榮，各緣時會、各因遇際、隨時興化、不拘一格，當真是無論何時何地，都可以適應生存，擤一個臉來一個變，轉一個彎，又可以興風作浪、跨海飛天了。」

「其實這種人才算是有強韌的生命力。他雖然死了，但卻由狄飛驚承接了他的精神事業。」

「狄飛驚只繼承了他的事業。」

「怎麼說？」

「狄飛驚也有他自己的一套應世方式。無論怎麼說，雷損還是屬於比較老派的人，到頭來，再智巧也還是要以武力奪取。狄飛驚卻汲取了前人的教訓，他決不輕易炫示武功，沈著應變，萬事講機緣，最擅於觀察後下準確的判斷。他受知遇於雷損，而以其爲師，把雷損的長處加以補充、弱點加以修正的行爲，正是雷損的真精神。」

「難怪。」

「難怪什麼？」

「難怪日後狄飛驚在雷損歿後，仍有能力跟『金風細雨樓』鬥個你死我活！」

「說來雷損這名字可真叫對了。滿招損，謙受益。雷損陰損，但只做損人利己的事，有些人，卻專幹既損人，而又不利己的東西，這種事他可是決不沾手的。如果對自己沒有大利，他寧可少結怨、多結善緣。所以，看來是他受損，但到頭來，損失的決不會是雷損。」

稿於一九八六年九月中旬

與「清秀」蔣芸、吳水莉、「成報」韓中旋、「香周」黃偉民、阿化敘

校於一九九〇年二月八日赴「皇冠」會平鑫濤／遇司馬中原／移民事可行／晨星傳真合約

修於一九九八年二月二十一、二十二日

何幾經艱辛約大富趙、均無功，氣甚，浪費時間

十三 戚少商的傷

「珠聯璧合，天生一對。」

「幹什麼?你思春不成?」

「我思無邪!剛剛才想起幾個人……」

「什麼人?」

「蕭秋水有唐方，方振眉有劉惱惱，方歌吟有桑小娥，戚少商有息紅淚……」

「男才女貌、兩情繾綣，這不算太難得，問題是，驚才羨艷，並轡江湖，到頭來，是不是能共結連理，同偕白首，這是謎，也是疑。」

「唉，戚少商和息紅淚這一對璧人，天作之合，便只是一段佳話，而沒有圓滿的結局。」

「也許這便是俗世所謂的孽緣罷!誰教他們遇上了。」

「說來，他倆的相遇，也是緣。」

「沒有緣，哪來的遇？」

「他們從相識到相知，很好玩。」

「怎麼個好玩法？」

「戚少商第一次遇見息紅淚的時候，是在大名府。那時負責替徽宗趙佶採辦花石的朱勔，極盡搜刮之餘，正在大名府舉辦『英雄擂台會』，誰能技壓群豪，便可擢升爲朱勔身邊的團練使，官拜三品，實則只是負責保護朱勔的性命安危。」

「朱勔？就是那個採辦花石爲名，乘機爲奸，弄得民不聊生。因而盜賊蠭起的朱勔？」

「不是他，還有誰？朱勔藉這個什麼『英雄會』來選拔人手。增強實力，正是眾所周知的事，不過，古來以功名求富貴者，世所多有。這次『英雄會』，各路各派三山五嶽的人馬都來了，倒也熱鬧非凡。」

「這算什麼『英雄會』？分明『狗熊聚』！難道……難道……平視王侯的戚少商……他也會去不成？」

「他去了。他原只是去看熱鬧而已。還帶了兩位結義兄弟，『小諸葛』阮明正和『陣前風』穆鳩平，一同去看看願爲虎作倀、助紂爲虐者的醜態。原擬待哪個傢伙贏了全場後，他才上陣去把對方擂下台來，再作揚長而去，好挫一挫朱勔的威風。不料，一百一十三場打下來，只剩下十五對人，戚少商卻是認準了一個人。」

「息紅淚？——不可能吧？她是女子，怎能上擂台跟男子爭名奪位？」

「便是她。她扮成一翩翩美少年。戚少商一眼便看出她的武功，絕對在這一干志在求取功名的烏合之眾之上，而且氣態不凡，氣質過人，心裡直爲她惋惜：卿本佳人，奈何甘心作賊！」

「戚少商看得出來，息大娘女扮男裝？」

「哪會看不出來！一個女子要是打扮成男子，而還能在長久親密相處下瞞得過人，只有三個可能：一就是她原本長得醜，像個男人婆；二是人人心知肚明，只是詐作不知；三是根本沒有人與她密切的相處過所以不知。像戚少商這種明眼人，怎會看不出來？一個真正美麗的女人，扮成男子，不可能不露出破綻，何況息紅淚比水還柔，比花還嬌，比夢還易碎，比心疼還楚楚。」

「聽你這樣形容，大娘還真是個絕色美人。」

「美不堪看，花不堪開，畫不經意而成，更妙造自然。息紅淚像一道黃昏雨後的彩虹，要天地間的機緣巧合才能搭出這樣飄忽而不可捉摸的彩橋。她以氣質取勝，故比美麗還美麗，可堪細賞耐看。」

「看來，你今天若是見著她，也會對她入迷吧？」

「嘿嘿，戚少商就說過：愛情理應發生在相見的一刹那，要是見著了仍沒有感覺，恐怕日後難有什麼激情和愛了。」

「所以戚少商就身先士卒，爲卿而輕狂癲倒了？」

「不過有些事，總是未盡如人意的，戚少商沒有看錯，息大娘果然擊敗了十四名敵手，眼看可以奪得團練使之職，戚少商還未出手，穆鳩平已一步躍上擂台。他一是要想把這人撂倒，不讓他效忠朱勔；二是聽到戚少商和阮明正交換意見，知道眼前的人是個女子，怎能讓一女子凌駕眾雄豪之上？三來他自己也技癢，很想大展身手，打了再說。於是上擂台挑戰息紅淚。兩人只過了七招，他的丈八長矛始終沾不著息大娘的衣袂，息紅淚卻在輕靈步法中巧施繩鏢，絆倒了穆鳩平——」

「哎呀，戚少商他可不會坐視不理吧？」

「當然了，穆鳩平是他拜把子兄弟，他怎會見死不救？只好飛身上台，運劍如風，一劍挑去了息紅淚的襆帽，眾皆嘩然，原來技驚群雄的實是一位如此嬌柔的美嬌娘！息大娘自是又羞又憤，兩人便大打出手……想來，那時候息紅淚必忿恨這廝多管閒事、破壞她的好事，戚少商也定必惋借，這女子怎麼甘心去助紂爲虐！」

「結果誰打贏了？」

「戚少商始終技勝一籌，但他並沒有下殺手。息大娘久戰不勝，從對方的劍法中推測，眼前出現的必是『九現神龍』戚少商，情知難以取勝，無奈也難以下台，正酣戰時，息大娘的兩位義妹：唐晚詞和秦晚晴，原本也喬裝混入人群裡，她們一起動暗青子，向台上的戚少商招呼，戚少商迴劍封格，砸飛暗器，卻不意其中一枚飛梭，折射向息大娘，息紅淚措手不及，眼看要受重創，戚少商也不忍見息紅淚喪在這一記飛梭下，倉惶間飛身攬抱住息大娘，運勁於背，硬受一梭——」

「哎呀，這……這傷得不重罷？」

「戚少商是奮身擋這一梭，早有運勁於背，反而傷得不重；重的是息大娘以爲戚少商乘機欺人，銀牙一咬，把心一橫，以爲對方這樣狠，眼看自己將重創於梭下還未心甘，還要擒住自己，當下要玉石俱焚，繩鏢疾射而出，戚少商雖及時挾住繩鏈，但鏢刃已打入右胸，登時血染長衫。阮明正、穆鳩平在憤罵聲中撲至搶救。息大娘這才弄清楚對方並無惡意，還爲救她而重傷，但這時朱勔已知有人搞局，叫手下前來抓人。阮明正穆鳩平護戚少商而逃，殺出血路，息大娘在混亂中，也只得隨唐晚詞和秦晚晴逃離——她這麼做，也是有意引開官兵的主力……」

「嘿嘿，戚少商首遇息紅淚，就爲她流了血。」

「再見時也一樣。他們第二次見面，仍是爲了朱勔。」

「哈！朱勔這王八蛋可成了月老了！」

「這『月老』可不好惹得很。第二年，朱勔在浙江王府慶壽，自然大排筵席，趨炎倚勢的地方官員、土豪劣紳，紛紛獻賄賀壽，更有僱伶人來唱戲跳舞的。戚少商跟『連雲寨』的二當家勞穴光也混了進來，想藉壽宴行刺朱勔，發現朱勔早有提防，佈下天羅地網。別看他一邊端坐狎戲痛飲，一邊觀賞載歌載舞，實則前後左右、連同簷椽座椅，全遍佈高手，暗藏機關。戚少商觀察形勢，知道在這時候貿然動手，決討不了好，正要悄悄離去之際，突然發現——」

「到底發現了什麼？」

「咳，咳。」

「哎呀，你別這樣子好不好？」

「咳嗽都不行麼？」

「哼嘿，你這哪是咳嗽，分明是賣關子！」

「好吧，好吧，我只是清清喉嚨。話說戚少商跟勞穴光正要離開王府之前，突然發現，在台上曼妙歌舞、輕盈艷冶之女子，竟是息紅淚！」

「她！」

「戚少商一見，立刻就呆住了。」

「怎麼了？息紅淚不是一直都想在朱勔那兒求功名富貴嗎？在這裡出現，並不算得是太離奇的事罷。」

「戚少商才不是爲了在此時此際遇上息紅淚而驚奇，而是在舞台上，撐傘而翩翩起舞的息大娘，實在是太美太美了。」

「聽你口氣，如同目睹。」

「你別打岔。就在這時候，驚變遽然生！息大娘長身而起，彩衣飛飄，疾掠而上，自傘柄內拔出短劍，袖裡繩鏢，同時直取坐觀歌舞的朱勔！」

「哦，啊，原來息大娘打擂台，為的是要接近朱勔，以便刺殺之！息紅淚的為人清烈，我怎麼這麼糊塗呀！」

「別說你，連戚少商也曾糊塗一時。這下他見息大娘向朱勔下殺手，頓時什麼都明白過來了。」

「他明白就好。」

「可是他要阻止，因為他知道，息紅淚一旦攻入朱勔身前，定必中伏，故此他長身而起，振劍作攔，息大娘一見又是戚少商從中作梗，真是咬碎了銀牙，欲誅大惡，只好對戚少商遽下殺手——」

「唷，這兩口兒又打了起來了！」

「這時候，朱勔的機弩俱已發動，戚少商一劍逼開大娘，返身應付這些暗器和攻擊，以他武功，還抵擋得住，可是背肋反著了息大娘一鏢，血流如注。」

「又受傷了！」

「對。戚少商二回見著息大娘，俱爲之所傷……不過，比起日後感情上彼此的挫傷，那還不算是怎一回事呢！」

「那是日後的事，但在王府的官兵和朱勔的埋伏下，這如何逃出生天？」

「息大娘發現戚少商攔截她之意，是要先行引發機括埋伏，而她還恩將仇報，一鏢傷了戚少商，真箇追悔莫及。這時候，她的兩個拜把子妹妹唐晚詞和秦晚晴，全都衝了上來，聯合勞穴光及預先佈伏在外的阮明正等，裡應外合，卻是只求讓戚少商殺出重圍再說。」

「這才像話！殺敵與救友，兩者擇一，還是救朋友來得更重要。」

「這一次，戚少商再傷於息大娘手上，致使兩人因而結成了知交。息紅淚把戚少商救離了險境，沒有說半句抱歉的話，只說：『你流的血，只怕我要流半生的淚才能報了。』誰都知道息紅淚是個外柔內剛的女子，平生難得淚落。」

稿於一九八六年十一月一日

「牡丹閣」會「銀河」施金潮、

傅小華

又校於一九九〇二月九日

與「尚書」林耀德、林婷、王幼

嘉、藍淑瑀、鄭明娳、羅門、蓉

子會宴並敘於「燈屋」

修於一九九八年二月二十二日

心怡、淑儀、念禮到珠海，遊海

珠女、石景山，杯子飲茶，羅好

招待／拱市書店簽名，儀怡離去

十四　息紅淚的淚

「話說戚少商二遇息紅淚，都為她流了血，可是，唉！」

「唉，你又歎些什麼？人家有情人終成眷屬，難道閣下妒忌不成？」

「哼嘿！如魚得水，比翼雙飛，自是令人只羨鴛鴦不羨仙，不過，要是鶼鰈情深，卻要分離，成了孔雀東南飛，只教人看了，心酸落淚。」

「啊，莫不是息大娘最終還是與戚少商分了手不成？」

「至少，戚少商已經為息紅淚流過血，息紅淚也為戚少商流了淚。」

「這話怎麼說起？請告其詳。」

「當其時，戚少商與息大娘由誤會而相識，相識而成相知，倒是羨煞旁人。但也嫉煞一些本就對戚少商一往情深的女子。為息紅淚意亂情迷的男兒，其中，有四個名動江湖的武林人物，對息大娘一直都是死心不息的，他們是——」

「我知道了！敢情是：高雞血、尤知味、仇灰灰和赫連春水！」

「便是他們，但你可知道他們的身分？」

「他們可都是赫赫有名之士。高雞血外號『雞犬不留』，是個精明的商人，跟他合作過的人或對手，全給他連皮帶骨吞下肚子裡，保管連他家裡的老鼠蟑螂都不留。他有四種武功，人稱『天下四絕』，一是他的『彌陀笑佛肚皮功』，一是他的『高處不勝寒』扇法，又擅施展『玉樹臨風』的輕功，而且三十六式『雞犬不留萬佛手』可謂所向無敵，嘿——這些武功名字聽來有俗有雅，這人卻油頭滑舌、市儈一個！」

「可是你也別忘了，這個人不錯，做生意精明得很，但他吞的全是不義之財，騙的全是不義之人，在重大關節、重要關頭，這個人還挺講義氣的呢！」

「說的也是。他最名動江湖的一役，便是他雖沒法贏得息大娘芳心，可是侯息大娘為救戚少商而被官府追剿之際，他挺身而出，不惜動員他全部兄弟朋友，以助息大娘逃過劫危。此人雖然狡猾，但還不失為一條漢子。」

「狡滑機智，不一定就是壞人。」

「說實在的，要當好人，實在也要當一個聰明的好人。當笨好人，一不長命，二對自己不好，三則誤事多於成事。」

「相比之下，尤知味就不像話得很了。」

「尤知味也很有權力。」

「權力？我只知道他是個有名的廚子，連皇帝也得看他三分顏色。」

「這個自然，吃人家弄的東西，當然也要看看他的臉色。尤知味的長處是扣住別人的腸胃，一個人只要能控制別人的胃口，跟控住對方的咽喉，是沒有兩樣的事——試問，一個能握著別人咽喉令他生死不得的人，怎會沒有權力？」

「有權力又怎樣？尤知味這人，可以說是相當不是人，他得不到息大娘，所作所爲，跟高雞血的高情高義恰好相反：他在息大娘隨戚少商逃亡期間，挾怨下毒，出賣朋友，殘殺同道，並圖強暴息大娘，要不是——」

「要不是有赫連春水——」

「對，若非赫連公子及時相救，哼……」

「赫連公子是息大娘的追求者裡，唯一可跟戚少商抗衡的。戚少商赤手空拳，得到各路豪傑擁戴，朝廷有意招攬他，他卻有官不做，卻做了一方綠林領袖。赫連春水則是赫連樂吾大將軍的公子，祕傳的『殘山剩水奪命槍』，他可以同時左手舞白纓素杆三稜瓦面槍，右手使二截三駁紅纓槍，當今天下除「山東神槍會」外，也只有他一人能把槍法使得如許出神入化。他雖是富家子弟，卻非紈袴少爺，向好交江湖俠義，講義氣，夠朋友，人戲稱他爲『赫連小妖』。他身分是侯爺，但人在江湖，既非官道上人，亦非武林中人，非正非邪，不俠不魔，故稱之爲『妖』，他亦不以爲忤，」

「他倒是真心愛息大娘。」

「錯了。」

「怎麼？你說他對息大娘不是真心的麼？」

「非也。你這樣說，豈不是戚少商、高雞血、仇灰灰他們都不是真心愛息大娘嗎？」

「啊，除了尤知味這廝，我倒沒這個意思……他們對息大娘，都好得很啊！」

「話也得說回來，這麼多有本領的人，怎麼都會鍾情一個息大娘。這實在是，咳咳……」

「你有肺病？」

「多勞關心，敬謝不敏。」

「你不甘心？」

「彼此彼此，心照不宣。」

「哼。」

「嘿。」

「仇灰灰呢？你可知道這人的來歷？」

「這人更不簡單。他是一個著名的殺手，爲睦州方臘所重用。這人疾惡如仇，但喜怒無常，這『惡』只是他心中所惡，未必真的是大奸大惡，所以一味快意恩仇，任意行事，殺戮過甚，橫行無忌。他亦深愛息大娘，竟把追求息大娘的男子，一一重創，不准他們接近息紅淚。」

「這……這怎麼可以？太不講理了！」

「講理？要不是息大娘阻止，仇灰灰還會趕盡殺絕，不留活口呢！」

「這傢伙實在不像話。」

「不像話的事還多著呢！你知道息大娘如何婉拒高雞血、赫連春水、尤知味和仇灰灰等人的好意麼？」

「你要說就說嘛！少來要我千呼萬喚的！」

「告訴你也無妨，讓你日後春心動矣君子好逑的時候，有備無患。息大娘見他們始終不死心，而她又單獨鍾情於戚少商，不想戚少商爲她多樹勁敵，便故意出難題，要他們通過，才有望得她青睞。」

「這不公平。」

「爲啥？」

「萬一息大娘出的刁鑽的難題，如叫他們以繩鏢相搏，誰又能在這方面強得過息大娘自己？」

「息紅淚才沒你這般沒腦筋，要出這種題目，高雞血、尤知味、仇灰灰這等老江湖會答允麼？分明要他們難堪嘛！息大娘也不是這樣的人。」

「好，好，算我猜錯，你說你說。」

「息大娘要尤知味跟她比烹飪。尤知味是天下第一名廚，自然樂意接受挑戰了。於是他們請了七位有名的食家，大富大貴慣吃山珍海味者有之，人在陋巷常吃鹹魚青菜者亦有之，有一位還是天機龍頭張三爸呢！」

「這可說是大陣仗之至！」

「光是品評誰的廚藝勝負、滋味、火候，用料及色、香等等還得講究。不料一試之下——」

「結果如何？」

「息大娘贏了。」

「原來息紅淚的烹飪功夫要比尤知味高明！」

「息紅淚的烹飪術不錯是高明，但要說勝得過尤知味，卻也未必，只不過她事前先做了一番功夫，知道這七位評判平素愛喫的是什麼菜，然後對症下藥，濃淡鹹甜，便自有分寸。尤知味縱有妙手回春之力，也難以做出使七人俱爲滿意的菜餚，故給息大娘棋高一著。」

「嘿，這也有些……」

「不公平是吧？她跟仇灰灰比飲酒呢！」

「嘩！這叫壽星公吊頸嫌命長。」

「你以爲她輸定了，是不是？仇灰灰一向海量擅飲，也都這樣想，正中下懷。不料一比之下，息大娘的酒量，委實驚人，仇灰灰想灌醉她，結果，他自己大醉了三天三夜，醒來後上茅廁還一跤栽入池塘裡呢！」

「厲害，厲害……那對高雞血呢？」

「高雞血聰明，說什麼都不肯與息大娘比鬥，他說：妳出的題目，定有必勝的把握，我是真心真意喜歡妳，又關輸贏何事？」

「那息大娘拿他沒法了？」

「高雞血就是死纏爛打，息大娘也自有對付他之法。」

「什麼方法？」

「息大娘找到了高雞血的娘親。」

「啊，對了，高雞血一向是孝順稱著的。」

「照呀。息大娘向高老娘一輪訴說，高老娘當即『嚴厲管教』高雞血。高雞血天不怕，地不怕，只怕他娘親，這一來，連高雞血都『收拾』了。」

「『收拾』了高雞血，剩下的赫連春水恐怕也不用費吹灰之力吧？」

「這倒不然。息大娘這叫陰溝裡翻了船，看走了眼。她深知赫連春水人聰敏武藝高，不一定能難倒他，於是便出一題目，要她麾下的一干徒眾出來，她扮成其中之一，每次不同裝扮，要是赫連春水能在眾裡把她認出來，便算贏，否則便作負論。」

「啊，息大娘一向精擅於易容術的……」

「不過說也奇怪，無論息大娘如何易容化妝，裝扮成什麼樣子，赫連春水都能一眼認得出她來。息大娘百思不得其解，赫連春水說：『只要是妳，不管變成什麼樣子，我都知道是妳。』息大娘聽了很是感動。」

「息大娘輸了？」

「可是赫連春水並沒有爲難她，只說：『妳既然出難題給我，便是對我無心。我不能停止喜歡妳，但我也不做讓妳爲難的事。』說畢便飄然而去。後來仇灰灰這廝不像話，不肯認栽，仍然糾纏息大娘，赫連春水還暗中與之決戰，險勝仇灰灰，把他逐走，他自己也因此負了重傷哩！」

「難怪……日後仇灰灰赴京謀刺徽宗。敢情他是灰心喪志，或圖做些驚天動地的事，來吸引息大娘對他動心……可惜，當時局面已夠亂，國家也岌岌可危，不能再天下無主了。這件事讓那時候的四大名捕出了手，逐走了仇灰灰，才阻止了弒君的事。」

「這些人一一知難而退，息紅淚才與戚少商共諧連理枝，只是，戚少商風流成性，雖然只是逢場作興，仍然到處留情，息紅淚怎生忍得下來？戚少商的海誓山盟，如同夢影，她終於悄然離開了戚少商，自創碎雲淵『毀諾城』，她走的時候，大概也爲自己的飄零無寄，流下晶瑩的淚吧……」

稿於一九八六年十一月十六日
梁誕辰／與方、陳、傅、湘、何、蔡及劉玉權、劉紅芳慶祝
次校於一九九〇年二月十日元宵與梁會晤王瑞如
重修於一九九八年二月二十三、二十四日
念拖拖拉拉後終在清早返歸／儀傳傳晚飛及嫣阿鳳畫稿／余傳真馮訪問提我／影發現網上有我小說「此情可待成追擊」

十五　蘇夢枕的夢

「什麼？連蘇夢枕也都會有夢？」

「人皆有夢，何獨蘇夢枕不然？」

「蘇夢枕稱雄京師，威懾黑白兩道，這種人最踏實不過，事事非實利不為，怎是會有夢？」

「縱是王侯將相，一樣會有他的夢。秦始皇求不死藥，便是他的夢；武則天為了要成佛而與眾多面首結緣，也是她的夢。乞丐的夢也許只是明天有個好心人施捨一兩銀子，你我的夢也許只要一個好夢；雖都是夢，只不過人人不同。」

「也許你說得對，人都應該有富麗堂皇的美夢。」

「為什麼要富麗堂皇的夢呢？沈實平凡的夢不也很好嗎？」

「既是夢，就是希冀有一天能夠達成的欲求，所以不妨富麗輝煌些，不然就不是夢了。正如一個人立志一般，不妨儘量高遠，萬一達不到，只成一半，也甚有可觀了。夢也一樣，敢做豐麗多姿的夢，方有豐麗多姿的一日。」

「如果夢想能平實一些，豈不是失望不致如此之甚，而又較能有意外之驚喜？」

「可是，如果不做美好偉大的夢，哪有偉大美好的現實？」

「也罷，儘管你我的夢可能空泛，可能平凡，但是蘇夢枕的夢卻很令人感動。」

「蘇夢枕的身體一直不大好，我看他的夢可能是希望早日康復，或者，後來他瘸了一腿，說不定是夢想能身體健康，免受殘缺之苦罷？」

「不然，這些或許是蘇夢枕的遺憾，但決不是他的夢。」

「哦？難道他夢想能打垮所有的對手，一統天下，號令武林嗎？」

「都不是，這也許是『六分半堂』總堂主雷損的夢，也許是『有橋集團』方應看的夢，但決不是蘇夢枕的夢。」

「那麼，蘇夢枕夢的是什麼夢？」

「蘇夢枕崛起之際，正值大宋遭外強連年犯邊之時。他原是應州望族之後，一家盡出英才，無論官商均有子弟掌政，在民間也有好名聲，富甲一方，文武俱全。惟好景不常，遼人入侵，大將耶律付多先大敗宋師於高梁河，十八年後，鏖戰又起，耶律付多又敗宋軍於歧溝關，宋之名將楊業也在此役陣亡。」

「當時大宋國勢不振，連年與外寇交戰，無一不挫，國土日減，民不聊生。」

「便是。從此應州便盡落於遼人手裡，極盡掠劫，並依此爲據，時藉詞遣兵寇邊，西河之地，屢被兵禍。遼聖宗並奉蕭太后之命，大舉侵宋，自瀛州南下，直抵澶淵，離開封僅三百里。宋真宗心慌意亂，朝野爲之震驚，幸宰相寇準等渡河予以迎頭痛擊，大敗遼軍，正待追擊，收回覆地，真宗卻一味求和，威信盡失，只顧自製符瑞，安置天書，裝神弄鬼，不惜勞民傷財，害苦百姓，皆是爲了他製造真命天子的形象，以博遼人尊敬，可謂愚昧已極。」

「唉，歷來皇帝，實在沒幾個好的，老百姓都受苦了。」

「蘇夢枕便是目睹這種情狀。蘇家落在遼人手裡，空有雄才，任人奴役，稍有不從，必遭殘虐，蘇門子弟，日漸沒落，只有蘇夢枕之父蘇遮幕，憑著遼人要任用他商貿的才具，仗他的武功機智趁機逃入宋境，潛赴開封，要求宋室派兵，他願以身為領，誓要收復故土，並詳列出兵大計，裡應外合，請奏求允……」

「嘿，宋室一味苟且偷安，納幣賄敵，怎會接納他的逆耳忠言呢？」

「這就是啊！這時節又是西夏侵擾宋境，宋建永樂城以困夏人，但城陷軍敗，西邊軍儲，損失殆盡，宋室積弱難返，求和之議大作，無心用兵。這樣一拖，蘇遮幕原在應、雲、朔、飛狐等州所佈的武林同道、等待號令起義的志士，全給宋室內奸洩露了風聲，密傳大遼，以致被逐個擊破，後援不至，終告誅滅殆盡。蘇遮幕因叛遼歸宋，全家被遼人虐殺，婦女發配為娼，至於蘇遮幕本人，因力主用兵，反給當朝權臣呂惠卿貶斥為通敵奸細，不加細審便將之刑杖收監，三年後才為大將韓琦所具保開脫，留在開封城裡。」

「唉，這就是赤膽忠心的下場！只憑天地鑒孤忠呀！」

「不過蘇遮幕也確是人材。他面臨絕境，有家歸不得，同時成了刺面流犯，攜帶南下的銀兩、珠寶，全為貪官榨取沒收，他又亟思為族報仇，但苦於做官不得、從商無本，只好鋌而走險，以他一介布衣寒士，一身才華武藝，令人傾服擁戴，建立了金風細雨樓。」

「啊，原來金風細雨樓，是在這樣艱苦的局面裡建成的。」

「他原本是想透過金風細雨樓，集眾人之力，以武林同道眾心合力，共抗外敵，可惜……」

「可惜的是什麼？」

「他不比在應州之時，勢力根深蒂固，知交遍佈，可互爲呼援。他白手興幫，爲當年的『迷天七聖』處處壓制，只能虛以委蛇，附爲驥尾，能不被併吞，已分屬萬幸；至於組兵成軍，大舉反攻，更爲朝廷所不允，只能暗自派遣子弟，爲韓琦、范仲淹出兵以抗西夏侵掠，盡過不少力量。惟范仲淹向以天下爲己任，主持軍事，平西夏之亂，又改革吏治，興利除害，朝臣卻爲私利而不能容之，范仲淹在怨謗叢皋下，鬱憤求去。接下來的王安石雖才華蓋世，但又陷於新舊黨爭之中，新法改革，不能推行，使朝廷元氣大傷，對外更僅能求存，無法有功。蘇遮幕生不逢時，想擴展民間勢力，只是開封原就盤踞深植著『七聖盟』的實力，加上江南霹靂堂的人扶植雷損的勢力漸侵京師，建立『六分半堂』，金風細雨樓還陷於夾縫處境裡，在左右爲難的情形之下，逐步的鞏固自己的力量，其間艱苦之處，豈可想見。」

「唉，蘇遮幕如此克難求成，實在非大堅忍不能有以期。」

「可是，俟他創一局面之際，已力竭神衰、油盡燈枯了，想要收復中原，更成泡影。」

「你說蘇家全族被誅，那麼蘇夢枕呢？那時他到哪裡去了？逃出來了沒有？」

「當然逃出來了，不然，日後怎麼會有京城第一大幫『金風細雨樓』？又怎會有今天的『蘇夢枕的夢』？」

「嘻嘻。」

「你笑什麼？」

「我是故意這樣問，你一時情急，這就必會把故事說下去的。」

「好，你用計賺我，我偏不說。」

「罷了，罷了，我跟你賠罪算了。」

「當時國衰若此，你還開得出這種玩笑，還笑得出來，便別怪我要光火。」

「得了，得了，我知道你一向在民族大義關節上寸步不讓，我見你認真，跟你輕鬆一下而已，你怎來真格的？」

「這世上，有些事玩謔不妨，有些事玩笑不得的！」

「那就算我的不是又如何？請繼續說下去吧！」

「哼嘿，我倒要問回你閣下，蘇夢枕的師父是誰？」

「紅袖神尼呀！啊，莫不是紅袖神尼救了蘇夢枕……」

「這是擺明了的事實。蘇遮幕以經商之名逃出遼人屬土，年紀甚輕，身旁攜有一麟兒，便是蘇夢枕。那時候，蘇夢枕還在襁褓之中，祖父蘇行遠密謀與兒子裡應外合，一俟守軍反攻，全面起義，收復應、靈五州。不料事敗，遼派大軍滅族抄家，而起義武林志士中，有十五上人者，便是紅袖神尼的師弟。小寒山一脈，一向得到蘇家賑款周濟，十五上人感恩圖報，負了蘇家骨肉，殺出重圍——」

「這樣蘇夢枕便上了小寒山，拜神尼為師？」

「你看武俠傳奇小說太多了？倒想得美！遼人中也不乏高手，十五上人衝出重圍，身受重傷，上得了小寒山，重託紅袖神尼，要照顧這點蘇門骨血之後，便溘然而逝。然而紅袖神尼也驚覺小小的蘇夢枕，已被『天下第六手』所震傷——」

「天下第六手？」

「『天下第六手』是一門極其厲害的掌功，使這門掌力的人，天下只有一個人，這人就叫做『天下第六』，原名僧無由，是遼主帳前第一高手。十五上人和他對了一掌，這一掌不但震死了十五上人，還力透其身，重創了年幼的蘇夢枕。」

「『天下第六』，他教的徒弟，豈不是成了『天下第七』？」

「猜對了！的確有個『天下第七』，但『天下第七』拜的師父可不只他一個，日後在開封府裡跟蘇夢枕等人還有連場的龍蟠虎踞、龍爭虎鬥！」

「總算紅袖神尼還是治好了蘇夢枕。」

「好不全。蘇夢枕終年咳嗽，渾身是病，只憑一口真氣保住性命，多年來盡受病魔折磨，便是因這一掌所致。不過，這卻也成全了他。」

「傷人這麼重，把他打得半死不治的，還說是『成全』！」

「對了！一點也不錯，是成全。蘇夢枕能把紅袖神尼的『黃昏細雨紅袖刀法』練得這般青出於藍、出神入化，便是因爲他體質特殊，把『紅袖刀法』極陰至柔的訣要配合運用，反而發揮得淋漓盡致，達到了前所未有之境。蘇夢枕在苦困和病患的折磨中，反生奇志，把刀法練至巔峰境界，成爲當時武林中的第一刀。」

「好哇！他練成後，就赴京助他父親。開創金風細雨樓？」

「那時金風細雨樓已經開創了，他要做的是奠基和擴充的工作。他趁六分半堂忙著吞噬迷天七聖的勢力之際，一方面選拔人才，招攬高手，另一方面不惜不擇手段，與朝官掛鉤，務使金風細雨樓不管在明在暗，均得認可。這一來，他做了不少大事，也同時作了不少毀譽參半的傻事。蘇遮幕數十年來竭精竭智，仍以飲恨而終；以後蘇夢枕的一切作爲，只是爲了要達成他的一個夢想……」

「什麼夢想？」

「爲百姓打抱不平，爲朝廷翦除奸佞。」

「哎，好個蘇夢枕！」

「唉，好個蘇夢枕的夢！」

稿於一九八六年十二月二日
小方接洽「銀鳳」事大功告成
二校於一九九〇年二月十一日
與鄭教授敘
重校於紀念一九九一年至九三年
五月與大馬羅倩慧那一場「忘年之戀」和「圓滿分手」的最佳結局

十六　沈虎禪的禪

「哈！哈！沈虎禪！」

「沈虎禪這個名字，並不可笑。」

「沈虎禪這個人看來也不可笑。」

「那……那你笑什麼？」

「我在笑嗎？」

「不是你笑，難道是我在笑不成！」

「對了，便是你笑。」

「咦？這算是什麼？禪？」

「不是，是我在笑。」

「我今天說的是沈虎禪的禪。」

「據說，沈虎禪那一把阿難刀，能夠天下無敵，便是因爲他練的既不是魔刀，也非神刀，而是創悟了：禪刀。」

「不錯，禪刀是沈虎禪獨有。他曾在懶殘大師門下學藝，懶殘大師見他資質聰悟，骨格清奇，便導他以禪悟道，要他自己創出一套獨一無二的絕世刀法。學了兩年，懶殘大師有意試試他的功力，便把他叫來禪室，其時外面正下著大風大雪，沈虎禪在外面敲了好久的門，懶殘大師都不相應，逕自在室內烤起火來……」

「懶殘大師這樣做，只怕是別有用心吧？」

「這個當然。直到快要天亮的時候，懶殘大師才開門，只見沈虎禪直冷了一晚，全身冷得僵硬，身上臉上也沾滿了雪霜，見懶殘開門，只一笑道：『早。』懶殘大師點頭道：『很好，你受了我一夜的風刀霜劍，也不還手，更不發作，火候和耐力，算是到家了。』遂把沈虎禪請了進來，要他隔著爐火，面對面的坐下來。又說：『現在到你向我出刀，我要看看你的殺氣和刀法如何？』沈虎禪右手拔刀，突然，左手掌力一吐，擊在火焰上，火舌又一捲，懶殘大師正全神貫注在沈虎禪的拔刀上，火光突然一長，髯末被燒了一小綹，心中大怒，道：『我叫你出刀，你怎麼施暗算？』沈虎禪不慌不忙地道：『這就是我的火刀焰劍。教大師受驚了。』」

「好啊！懶殘又怎麼說？」

「懶殘也明白了沈虎禪的意思，知道眼前這個人已悟得刀法精要，便要把自己畢生悟刀的心法傳授給沈虎禪。」

「到底是悟刀還是悟道？」

「你說呢？」

「……沈虎禪又怎麼說？」

「你先聽懶殘怎麼說：『我這兒是數十年來悟刀法精要的心法，你受了我這本冊子，日後便是我衣缽傳人，「自在門」便由你來統領……』沈虎禪接過了那本冊子，一笑，就丟進了火爐裡——」

「什麼？」

「懶殘大師也驚得跳了起來，連忙搶救，攪得讓火燒焦了幾處長衫，氣得向沈虎禪戟指大罵：『你這算什麼意思？』沈虎禪卻很平和地道：『你要我自行悟道，還教我什麼悟刀心法？我要是「自在門」的弟子，何必要承受這種不自在的東西！』懶殘一聽之下，忽然間啊了一聲，萎然坐了下來，垂首看自己燒焦了的鬍子、燒壞了的僧袍，苦笑道：『沒想到，你卻讓我悟了道。』」

「你有沒有聽說過沈虎禪在年輕的時候，曾經受過上村的一蔡姓人家的恩惠？那蔡姓人家在他飢餓的時候，給他吃給他穿的，他就替這家人砍柴燒飯、打獵割禾的，以作回報。」

「看來沈虎禪大概不會在那兒待得太久吧？」

「淺水怎能容蛟龍？不過，沈虎禪一面潛修刀法，一面替那家人勞作，也呆了足有一年半的光景，有人說，他本來是留半年的，後來的一年，可以說是爲了那件事……」

「慢著，那是……什麼事？」

「蔡家有一個女兒，叫做蔡嫣姐，聰明伶俐，美麗可人，正值荳蔻年華，蔡家員外、夫人，視她若掌上明珠，平素她與沈虎禪甚談得來，笑鬧在一起，蔡家的人都信得過沈虎禪，也就沒加干涉。不料，過了半年，蔡嫣姐就有點不對路了……」

「什麼不對路？」

「她的肚子，一天比一天的大起來了。」

「嘩！這還得了！」

「這還得了！他們責打蔡嫣姐，蔡嫣姐哭哭啼啼的，說什麼也不透露誰是孩子的爸。蔡夫人見門裡出了這樣子的醜事，鬧著要去撞柱自盡，蔡嫣姐哭著求阻，才抽抽泣泣的說出沈虎禪的名字來——」

「啊，沈虎禪這太過份了！」

「豈止過份！蔡員外和蔡家的人，怒沖沖的找沈虎禪理論，還罵他禽獸不如，說他受了恩，卻恩將仇報。沈虎禪只問了一句：『誰說的！』蔡員外氣上了頭，劈頭給了他一棒子，罵道：『我女兒說的！你還抵賴不成？』沈虎禪也沒招架，亦沒閃躲，捱了這一輪棍子，血自額上滲滲而下，只說：『哦？』蔡姓人家恨極，毒打了他一頓，還是蔡嫣姐替他求情，蔡員外一時也難以取決，既不想女兒嫁給這等無行貧徒，又不想將之逐斥，反逞了他的自在。沈虎禪也不離去，只細加照顧蔡嫣姐，那時候，大家都很鄙視蔡嫣姐，沈虎禪卻耐心照料著她，直至她臨盆，產下麟兒……」

「這當然了，沈虎禪總不能夠不負責任。」

「唉，這故事還有後頭呢！」

「那你還不快說？」

「如斯過了年許，有次，有個叫梁丙寅的人，高中回來，吹吹打打的，派人來說媒，要迎娶蔡嫣姐。蔡員外可一時糊塗到了家，弄了半天，才知道這梁某人是大半年前自己的家丁，後來不知爲何，無故辭去，直至科舉取錄進士，光宗耀祖，才敢回來迎娶蔡嫣姐。蔡氏夫婦細問之下，才知道梁丙寅才是那孩子的爹！這一下水落石出，蔡家忙去跟沈虎禪致歉，沈虎禪聽了，只淡淡地道：『哦？』第二天，蔡員外大排筵宴，一是爲女婿得了科名回來，値得慶賀，二是要向沈虎禪公開表示歉意，筵席已開，沈虎禪卻遲遲未到，派人去請，才發現人已去如黃鶴，不知何蹤了……」

「你有沒有聽過『虎禪殺梟』的故事？」

「說來聽聽。」

「『蒼屏派』和『更衣幫』同是武夷山上開家立戶的門派，彼此一直守望相助、相安無事。可是，有一日，在『晚對峰』間出現了一隻靈㚟，十分罕見，於是兩派都想要奪為己有——」

「什麼是㚟？」

「㚟似兔而鹿腳，青色，水經注裡曾提過，這次出現的還是斑耳貂毛，更相傳是靈祐神物，難得出現。兩派爭個不休，在那隻㚟的洞口前鏖戰不已，死了不少好手。沈虎禪便在這時候，便要過去調解……」

「這恐怕調解不易吧？」

「是呀！沈虎禪勸解無效，『蒼屏派』的人說：㚟是靈物，當然是我派的！『更衣幫』的人說：㚟是神物，誰也不能將之取走！沈虎禪說，好，反正我是外人，我進洞裡看看，把牠抓出來，你們再來爭奪好了。他提刀走進洞裡去，果然把那隻㚟抓了出來，大聲問：『這是神物嗎？牠保祐了誰？』兩派的人都答不出來，沈虎禪又指著地上的死者揚聲問：『這是靈物嗎？這些人是為啥而死的？』眾人又答不出。沈虎禪一刀將㚟殺了，說：『得道的便不該殺人，該殺的便不得道。』然後大步而去。兩派的人，只得一隻死了的㚟，誰都不再爭了。」

「噯，這彷彿是箇中當有真意……」

「欲辯已忘言。」

「聽說唐寶牛與沈虎禪初識的那一段，也妙得很哩！」

「是啊。唐寶牛年紀甚輕的時候，他的幾個朋友，都說沈虎禪武功要得、氣派無雙，爲之拜服。唐寶牛聽了不服，要去找沈虎禪決鬥。沈虎禪便說：『好，可是我跟你一旦交手，不知還能不能活命，你讓我先完成一樁心願，如何？』唐寶牛答允，但又怕他逃脫，便一直盯著他。原來沈虎禪是要去刺殺方士不笑上人——」

「不笑上人？」

「對，當時朝政日非，蔡京當國凡二十年，權傾天下，欺上凌下，而又生性貪污，極盡聚斂，對民力毫無顧惜，多方侈靡迷惑徽宗，獲其歡心。其中一項，便是誘徽宗耽於迷信，妄視天帝降凡，建迎真宮，置道階、立道學、鄉道史，大興土木，不恤民情。官吏趁此取用內帑，貪得無厭，以致盜賊蠭起，內憂外患，其中有方士林靈素等，得上寵信，美衣玉食，賜田千畝，威福盡作，倚勢虐行。不笑上人爲這干人中武功最出色的數人之一。沈虎禪見國運日衰，不借殺此人以示儆尤，以阻騙神弄鬼之惡風……」

「對，這種人該殺。可是殺了他，等於殺了皇帝的心肝寶貝，沈虎禪豈不——？」

「這就不是麼？沈虎禪日後就成了『寇』了。可是問題是：不笑上人，武功高強，足智多謀，皇帝還派了大批高手保護他，別說行刺，連接近也難著呢！」

「結果怎樣？」

「沈虎禪三次都殺他不著。後來用了三個月的時間，掘了一條隧道，直通不笑上人的丹房、才把他一刀殺了——」

「沈虎禪那時還只是一個少年人，他能夠一手殺了不笑上人足以名動天下，但他也身負重傷，告訴唐寶牛說：『我心願已了，你可以動手了。』唐寶牛這幾個月來，跟著沈虎禪，知道他的爲人俠烈，不折不撓，武功高絕，光明磊落，心儀不已，還幫他一起動手掘隧道呢，怎會跟他決鬥！」

「說來沈虎禪是點化了唐寶牛。」

「沈虎禪也點化了禪師初一呢！」

「初一是有名的禪師，怎讓他點化？」

「趵突泉附近有虎患，有巨虎出沒噬人，沈虎禪聞悉，便趁月夜裡殺了巨虎，不料初一也想去收服那虎，但遲了一步，便很生氣的捋起袖子罵他：『可惡！你殺人就可以，虎吃人便不可以！』沈虎禪回身一刀砍在自己的影子上，說：『這虎我也殺了。』說罷而去，初一因而大悟。」

稿於一九八六年十二月中旬
陳耀華主持「不是黃金屋」播出
訪問
再校於一九九〇年二月十二日與
劉瑞琪歡聚，佳人依然佳妙如
昔，溫柔可可
重校於紀念一九九三年至九五年
與廣州顏麗／浙江小舒／江西敏
華／湖南佳佳、小昭各感情片段

十七 諸葛先生

「諸葛先生是武將中的智者。」

「他是一個了不起的人物。」

「武林中高手如雲，但大多只能在陣上逞威、馬上稱雄、刀光劍影裡揚名、腥風血雨裡立功，諸葛先生卻是運籌帷幄、決勝千里，毋論鐘鼎山林，都能卓犖不凡。要不是他在朝廷上還有點影響力，當時國勢日艱，君王侈靡無道，宰相貪婪喜功，全仗他力挽狂瀾，拚死斡旋，只怕更要禍亡無日呢。」

「諸葛先生還有三個師兄弟是吧？」

「對，大師兄懶殘大師，原名葉哀禪，中年後看破紅塵，遁跡山林，不問世事。二師兄是天衣居士，天資所限，無法練成絕世武功，但他識見學養，師門裡卻要數他最高。老三便是諸葛先生，四大名捕，便是他視如親子的徒弟。元十三限是四師弟，這人也驚才艷羨，可惜對諸葛先生嫉恨過深，非除之而不甘心，未免流於意氣用事。」

「能教出這般出色的弟子，他們的師父一定是個不世人物。」

「他們的師父，便是『韋青青青』。」

「韋青青青？」

「『韋青青青』是一個人的名字。」

「這人這般厲害，怎麼在江湖上似並不出名？」

「這話難說得很：第一，如果你懂得命理、術數，便能瞭然，一個人不可能十全十美，要是好運先行，惡運便可能留在後頭了；要是少年坎坷，日後卻可能會有後福呢。就算你有名有利，卻未必有權有勢；就算你一世夠運，福星高照，可能六親難免會有折損，或因身負重責而未嘗有一日心閒身樂，這總是難以俱全的。第二，有本領的人，不一定好名求名。有些絕世人物，他們清逸高遠，看破世情，才不好這一點虛名呢！第三，你不知道的人，不見得他就沒有功名。世上有好些成功的人、偉大的書、重要的事，卻一時沒有記錄下來、留傳下去，很可能就爲後世所忘卻，湮沒於人間了。這種情形亦在所多有。」

「好啦好啦，算你教訓的是罷！卻不知『韋青青青』是怎麼個機緣巧合法，會收了諸葛先生為徒呢？」

「說來好玩，韋青青這人狷狂不羈、博學多才、任俠好義，但自有一套應世觀人之術。這日他屈指一算，知道會有訪客，而且訪客當中，只有一人是他日後的第三位門徒，他便著意觀察，不料，來的是三名僧祇戶——」

「僧祇戶？」

「即是未剃髮的居士或頭陀和剃而未渡的僧人。這三人都很年輕，各為避傜役、求免罪和逃避賦稅而出家，都來投靠韋府避難。韋青青見他們都潛心佛道，各有所長，所以也並不急於擇徒，只讓他們在其所建的寺廟裡修持，並派他女兒和婢僕負責供應茶水素菜，服侍周至，如是者過了一年多。」

「韋青青是暗裡觀察他們罷？」

「他們稟賦都高，但韋青青只擬收一人為徒，他也不急。直到有一天，是個風雪之夜，韋青青三女兒韋憐憐，忽然一個人哭著跑到廟裡去，在禪房裡找到那名僧人，哭哭啼啼的告訴他，她受了委屈，並且色誘這僧人，當這美得教任何人都不惜為她犯罪的女子抱住僧人的時候，僧人見色不亂，閉目如同入定，嘴裡唸偈：『若以色見我，以音聲求我，是人行邪道，不能見如來。』

又唱喏佛偈：『有情即解動，無情即不動；若修不動行，同無情不動：若覓真不動，動上有不動；不動是不動，無情無佛種。』韋憐憐美得出神入化，人見人憐，但僧人不爲所動。」

「好定力，要是我……」

「要是你？嘿，甭提了。」

「你也甭刺我了，把故事說下去吧。」

「韋憐憐又去找那頭陀，哭得梨花帶雨、溫香軟玉的抱著他，那頭陀不但人動心動，連手也動了，要跟韋憐憐真箇銷魂，結果——」

「結果怎樣？」

「結果只換來韋憐憐一巴掌，把他打得金星直冒、乾轉坤移，再定神時，佳人已芳蹤杳然。」

「應有此報，活該！」

「換作是你，又如何？別盡是幸災樂禍！」

「請說下去，請說下去。」

「韋憐憐又去找那居士，百般委屈，千般婉轉，居士果然動容，只輕輕把她扶開，溫言相慰，閒談說笑，開解憐憐，並不著痕跡的探詢憐憐何故傷心，把問題一一為之化解，把佳人說得破涕為笑，共處一室，促膝談心，直至天明，毫無顧礙，但又不及於亂。憐憐後來把三種情況回報韋青青，你道他怎麼說？」

「……」

「你幹嗎不問？」

「你要我問：怎麼說？」

「對呀。」

「你明知我會問你這句話，我又何必多此一舉？」

「可是你要不問，我便不說。」

「你非要我問才說？」

「好說，好說。」

「好，算我服了你：韋青青怎麼說？」

「算我饒了你吧。韋青青沈著臉色說：『那僧人只顧自己修道，咱們照顧了他年餘，而今主家的女眷行動異常，全不恤念，一味死守，一成不變，這種吃古不化的人，朽木不如，不配作我徒弟，給我逐出去！』又鐵青著臉說：『那頭陀是貪淫無行之徒，咱家待他不薄，他竟打起妳的主意來，可謂禽獸不如，來人呀，把他修理一頓再趕出去！』然後才寬容笑臉曰：『那居士既坐懷不亂，又有人情味，能守能創，必有作爲，快叫他來，我要把絕藝相傳於他。』」

「這麼說，這位居士就是——？」

「當然就是年少時的諸葛先生。」

「果然不同凡響。」

「諸葛先生能斷能謀、允文允武，日後，他以武功在江湖上服眾，以力革秕政、裁抑時弊而立功名。當時蔡相誤國，私心尤重，與群臣內外勾結，表裡爲奸，令徽宗侈靡荒怠，好樂喜侈，諸葛先生礙於君臣相偕爲惡，屢諫不用，只好就天子之所好，在看似不經意的言談間常另有所指。皇帝好神仙道學之術，有次好奇，有問於諸葛先生：『鬼怕什麼？』諸葛先生毫不猶疑的就答：『民間相傳，鬼怕易經、怕桃木、怕火、怕人手中指之血、怕紅綢、紅紙、紅布、怕八卦、也怕鄭漸。』皇帝問：『鄭漸是何人？朕怎沒聽說過？』諸葛先生回答：『鄭漸是唐代有名術士，善驅鬼，鬼見他署名之處即不敢走近。』故時人曰：今善驅鬼爲漸耳。日後以訛傳訛，把『漸』、『耳』二字合在一起成了符咒上的『聻』字，而聻字又等於是『鬼死』的意思。諸葛先生說到這裡，忽然不說下去，過了好一會，又長長地歎了一聲——」

「嘿，這說了一半就不說下去的德性可是跟閣下一模一樣。」

「別打岔！於是徽宗就問：『先生何事歎息？』諸葛說：『鄭漸善於捉鬼，但卻很難禁制吊死鬼討替害人。』皇帝聽得好奇，又問爲什麼？諸葛答：『吊死鬼討替之前，常常誘人去看窗外虛幻仙景，正當那人以爲是真、探頭張望之際，繩索套落，必一命嗚呼矣。』皇帝趙佶聽了，起初不以爲意，到後來一想，對蔡京所報國泰民安乃生疑，詳查之後，才由淮南發運使處得悉兵禍四起，天下大亂，才下旨罷黜蔡京。」

「罷了又何用，過不多時，趙佶又復用蔡京啦，這叫偃近小人、狼狽爲奸。」

「諸葛先生不但能處理國家大事，也能應付一些性情古怪的人。就在這時，汴京有一個武功高強、但性直愚鈍的勇士——」

「這就麻煩了，又蠢又沒用，那還不成氣候。怕是怕人雖蠢，偏又極有用，那就鬧得可大可小，救人救己、還是誤人誤己，全憑一念了。」

「是啊，那武士叫做雷鈍，使長戟，武功高到不得了，但別人不先去惹他，他也不去主動挑惹別人；要是人來侮辱他，他則非把對方擊敗或格殺不可。有日，他夢見一個人，瞧不起他，辱罵了他，並在他臉上吐唾。雷鈍醒來之後，持戟到處找夢中的人決戰。別人勸阻他，他便說：『我一生從未被人如此侮辱過，還膽敢吐唾液在我臉上，不殺此人，我便誓不爲人！』於是飯也不吃，覺也不睡，天天去夢境中出現的地方等那侮辱他的人來決鬥。」

「這個笨蛋。」

「人人勸他，他都不聽，還揚言要殺來勸的人，並說明若不能雪辱，寧可自刎。諸葛先生聽說了，便取了一把劍跑到他枯守的地方，站在他身旁，一言未發，便向天吐了一口痰，那痰自然落回他自己臉上。諸葛先生也不抹去，只指天揮劍大罵道：『是誰吐我一臉的痰，我不殺他，誓不甘休！』雷鈍在旁忍不住詫道：『那是你自己吐的痰呀！』諸葛先生怒道：『這算什麼！我總算是個人，你不過是一個夢！』這句話一經說出，卻把如在夢中的雷鈍點醒過來，忙跪在諸葛先生身前，謝他點化之恩。」

「這個可愛的傻瓜。」

「諸葛先生也十分沈得住氣。有次對遼用兵，元十三限主張領兵長驅直入，衝鋒陷陣，諸葛先生卻堅持不到時機決不妄動。元十三限激他道：『我用兵置生死於度外，勇往直前。爲兵至要，乃以氣勢爲勝。我殺敵仿祖逖擊楫中流，不能退敵者，沈於大江！你用兵猶疑不決、畏首藏尾，只怕難立軍功，難成大事！』諸葛先生卻平淡地回答：『要是我一人，當然奮不顧身，無所顧惜；而今我領的是十萬雄軍，萬命所懸，寧效法孔明，謀而後動。』依舊不妄然發兵，保存實力，及至元十三限大軍遭困，他才全力發動，解圍反攻，把敵人殺個片甲不留。」

「諸葛先生沒有姓錯，他當得起。」

「還有一次，更有意思，諸葛先生和八十一子弟兵被敵軍重重包圍，大家心內忐忑，不知生死如何，諸葛先生取一枚五分錢說：『看天意如何吧，如「聖宋通寶」在上，即歷劫能復，最終必勝。』遂將錢拋出，果然是「聖宋通寶」於上，於是軍心大振，突圍而出，奮勇殺敵，大獲全勝，大家後來都說：

『這是天命必勝也！』諸葛先生遂而一笑，取那枚錢幣出示眾人，大家才知道，原來那一枚錢幣，正反兩面都鐫著『聖宋通寶』的字樣兒。」

稿於一九八六年十二月中申請台證第N次慘敗
重校於一九九〇年二月十三日心岱、郭玉文訪問／與「晨星」簽訂九份合約／台灣「風尚雜誌」刊出訪問時／與螞蟻晤／與蝶聚
重修於紀念一九九五年至九六年中與杭州白靈相聚相愛終相離的日子

十八　刺客唐斬

「上次我曾問過你，在江湖上眾多名俠之中，你最喜歡的是誰？」

「我那時候給你回答是：白衣方振眉。我喜歡他衣不沾塵，兵不刃血，以藝助人而不恃武傷人，這才是真正的俠者之道。」

「這次我來問你：在武林中眾多殺手裡，你印象最深刻的是誰？」

「……唐斬！」

「唐斬？」

「對，便是『殺人者』唐斬！」

「唐斬殺人，一刀兩段。他之所以能成爲一個名動天下、從不失手的刺客，甚至連『無敵殺手』蕭佛狸、『無名殺手』紐玉樞、『一笑殺人』蕭笑、『鐵書大俠』朱國禎、東廠鎮撫司許顯純、『不死不散』王寇……都是當時最可怕的殺手，但都一一死在他的手下。他跟方振眉和冷血是迥然不同的人。」

「這我明白。」

「那你說說看。」

「方振眉是仁者無敵，冷血是勇者無懼，唐斬則不然。他是心狠手辣、六親不認、無毒不丈夫，一個好殺手的條件，他都具備了。何況，他出手一刀兩段、例不空回，行蹤神出鬼沒，武功出神入化，人稱『鬼殺手』——因爲遇上他，還真不如遇上鬼好了；而且，見了他之後，就真的快要見鬼了。唐斬可以算得上是殺手無情。」

「看來，你對唐斬的故事倒熟悉得很……不過，唐斬雖然無情，但未必也就無義。」

「哦?我倒想知道一個無情的殺手如何會有義可言。」

「我倒想先知道你所聽過的有關唐斬的故事。」

「他的名頭雖如雷貫耳，他的事跡說來我所知不多。最令我有深刻印象的，有兩個……」

「哪兩個?」

「一個叫『燈籠行動』。」

「『燈籠行動』即是天下十大殺手聯手刺殺錦衣衛頭子許顯純的行動。」

「對，那一次，十大殺手，街頭埋伏，只見許顯純的轎輿一經過，立即打熄燈籠，下手刺殺，到了動手猝擊的時候，八名殺手都全力以赴，就只有唐斬和另一名殺手，沈住了氣，沒有現身。結果，原來那是許顯純的圈套，八名殺手殺人不成反被殺，但就在許顯純等人慶功忘形之際，化妝成許顯純近衛的唐斬，才猝然出手，一刀得手，揚長而去……」

「這件事足見唐斬的沈著和冷酷。他能忍到最後一刻才出手，那是因爲他決不在沒有把握的時候出手，他不出手是要等待更有利的時機，這是他的沈著。他爲了要達到格殺許顯純的目的，不惜讓八名同道盡皆喪命，並爲了要使許顯純疏於防範，他假冒許鎮撫司的下屬，殺死自己的同伴，不可謂不冷酷。可惜，在『燈籠行動』裡，他所殺的仍是假冒頂替的『許顯純』。」

「不過，到頭來，他仍和另一名殺手聯手殺了許顯純。」

「那一名殺手當然就是年少堅忍，被人譽爲『最後勝利』的王寇。」

「可是，王寇一旦遇上了唐斬，就不能『最後勝利』了。」

「莫非你說的對唐斬印象最深刻的兩件事，另一件便是唐斬和王寇的決鬥？」

「正是。王寇和唐斬聯合起來，誅殺了禍國殃民、爲虎作倀的許顯純，但一山不能容二虎，他們兩人就立即拚了起來，兩人都受傷不輕。於是，兩人都約好三天後在鳳洲山、平台上、榕樹下決一死戰，誰殺死了對方，誰就是殺手之王。」

「這當真是殺手殺殺手了。」

「王寇也相當冷酷、沈著。他比唐斬要年輕些，但堅忍猶有過之。唐斬成名要比他早，他卻爬升得極快。他想要冒出頭來，難免得先要掃除唐斬這個前路上的障礙。唐斬想要地位屹立不衰，首先得先要鏟除這個虎視眈眈的王寇，他們這一戰，在所必然。」

「這名動江湖的一戰，卻是只有一招……」

「一招雖短，但卻驚動天下，至爲殺手行業裡所津津樂道。王寇才不等三天後，他包紮好傷口，安葬在是次行刺許顯純行動裡喪命的師妹水小倩，然後沐浴、更衣、充飢，即行先趕到鳳洲山、平台上、榕樹前，他要在唐斬未到之前先埋伏好，以便居高臨下，在樹上一撲而下，格殺唐斬……結果，還是道高一尺，魔高一丈……」

「狐狸是愈老愈狡，泥鰍愈長愈滑，殺手也是愈老練愈難殺。」

「對極了，俟王寇勘查好地理環境，估量好各種情勢，以資應變，然後一躍上樹，卻猛見樹裡藏著一人，對他一笑，然後揮刀一斬——王寇便身首異處了。原來唐斬跟王寇約下決戰後，根本半刻不停，先行趕到鳳洲山，伏在樹上，就等王寇前來佈署，他猝然而格殺之——」

「所以王寇死了。」

「是以死的是王寇。」

「唐斬更證明了自己是個不凡的殺手。」

「我最記得的便是唐斬這兩次殺人之役。」

「你可知道唐斬的武功爲何會那麼高？他的殺人方法又是怎麼訓練出來的？他殘酷冷靜的性情又是怎麼形成的？」

「願聞其詳。」

「你知道『老丈』嗎？」

「『老丈』——莫不是先唐斬一代的『殺父』老丈？」

「對。『老丈』便是唐斬的師父。他是『殺手之父』──你可知道他這個稱諱是怎麼來的？」

「請教請教。」

「『老丈』創立了『殺手樓』，專門收納徒眾，訓練殺手，以奠定他在殺手群中獨一無二的地位。他曾殺掉他的父親『老外』，『老外』也是赫赫有名的殺手，當其時，錦衣衛、東廠、西廠、東林黨人莫不欲把『老外』納爲己用，因爲一旦有『老外』，就可以把對頭仇人輕易殺掉。可是，『老外』雖然殺手無情無敵，卻仍是給自己的兒子殺掉了。」

「所以，『老丈』就成了『殺手之父』？」

「他每一年都收攬了一大堆徒弟，訓練三年，要他們獨自在屋裡搏狼、水裡鬥鱷、籠裡殺虎，還能活下來的，他就把他們合關到一間鐵鑄的房子裡，一人給他們一把刀子，要他們只有一人可以活著走出來……」

「可怕。」

「結果，他們聚在一起，便鬥在一起。唐斬起著刀子，只護著自己，決不主動過去殺人。」

「聰明。他不動手，目標就不顯著了，可以留存精力，對付向他侵襲的人。」

「所以，最後只有他步出房子。那一年，他成了『老丈』唯一的弟子。不過，『老丈』每年都收一大堆徒弟，經過血鬥後，都會剩下一名弟子。十五年下來，總共有十五名『出類拔萃』的門徒……」

「其中一個就是唐斬？」

「對。唐斬是他第七年收的徒弟。當時，『老丈』門下最著名的便是他第一年收的門人：『九死不生』孟孫屠。」

「這人的名字，我聽過。」

「當時，他的名字極響，簡直已可直追『老丈』，而唐斬那時猶是藉藉無名之輩。然後，『老丈』給朝廷收攬，但必須要消除舊部。他便想出一個法子，以砥礪弟子們切磋武功爲名，以傳位『殺手樓』樓主爲餌，要他那十五名弟子，互相行刺，剩下的一人，便是樓主。」

「啊……忒也殘毒。可是，他麾下那干徒弟，真的就互相殘殺了嗎？」

「這也等於是『老丈』下了令，他們之間，不敢不動手。況且就算你不動手，旁人也會對你下毒手。這十五個名殺手，只好你殺我，我殺你，而唐斬是第一個死去的……」

「什麼？」

「我是說，唐斬死了。」

「他死了？怎麼會？」

「他若不死，又怎能活？」

「你說什麼？我聽不懂。」

「他當然是假死。十一師弟『大力刀』鐵威殺他，他便『死』了。這一『死』，一直『死』到十四位同門只剩下一個的時候，他才又突然間『復活』了。這時候，離開『老丈』所限的日期還有十天……」

「剩下那名殺手，能殺掉十三名師兄弟而還剩下十天限期，可見其游刃有餘……他是不是孟孫屠？」

「就是他。當時，他正跟排行第二的「紅眼煞星」蘇丸決一死戰。由於孟孫屠已屢拚而力竭，武功雖勝蘇丸，但智力卻遠遜於對方。只不過，唐斬突然出現，令蘇丸分心，孟孫屠才一擊得手。唐斬卻對孟孫屠表示：自己全無意思要坐『殺手樓』樓主這個位子，只不過師命難違，決無意要和孟孫屠對敵。」

「……唐斬詭計多端，難道孟孫屠這就信了麼？」

「孟孫屠也是個好殺手，他當然不會輕易信人。可是，這才使他苦不堪言……」

「怎麼說？」

「日子還剩下了十天，孟孫屠明知唐斬一定會向他動手，但就是不知道會在什麼時候下手。他只好朝夕提防著，留意著唐斬的動向，當真是寢食不安。」

「糟了。」

「什麼糟了，你倒說說看。」

「這一來，孟孫屠可是中了唐斬的計了。他受傷在先，又經連場血戰，力竭在後，如此驚懼提防，不眠不休，耗費體力，殫精竭智，豈不是讓唐斬佔盡了上風麼？」

「你猜的甚對。這十日裡，唐斬卻養精蓄銳，逍遙自在，讓孟孫屠獨自也空自緊張一番。孟孫屠明知對方好整以暇，但他又不敢主動發動攻勢，生恐中了唐斬的佈置。於是，一張一弛到了限期的最後一日……」

「對孟孫屠而言，這一日是終於到來了，是不？」

「正是。那一天，唐斬舒舒服服的出門，佩上他久未飲血的刀，騎上最好的馬，單衣芒鞋，一直去到孟孫屠的家門。孟孫屠氣急敗壞的出來迎戰，兩人一比之下，立判高下。可是孟孫屠也絕非省油的燈。他和唐斬力戰一百三十回合，師門的武功盡悉使完，兩人各從對方剛使出的招式裡再悟創絕招，於是，兩人變成了以自己的絕學揉合了對方的招數回擊對方，並且互相補充了缺點，加強了各自的優點，增加了本身的變化——使得他們這一戰，在武藝方面的領悟，又躍升了一大步——」

「啊，這兩個敵人，豈不是彼此為師了！」

「經過這一戰，孟孫屠和唐斬都知道，只要自己活得過這一關，武功就至少會遞增一倍！他們要活下去，就一定得要殺掉眼前的敵人。結果——」

「當然是孟孫屠敗了。」

「你知道他為什麼會敗？」

「他太緊張了，也太累了。」

「這還不是最重要的原因。」

「哦？」

「更重要的原因是：孟孫屠手上的武器。」

「武器？武器有什麼關係？」

「孟孫屠使的是判官筆。唐斬使的是刀。唐斬和孟孫屠都在偷學對方的絕學。可是，唐斬以刀使筆，雖不似判官筆專打人身七十二活穴、三十六死穴，運走自如，但至少也可以在刀鋒過處，肉掀骨斷。判官筆則不然。唐斬的刀勢，有幾招大砍大殺的，孟孫屠畢竟是個有才份的殺手，一學就會，一筆打在唐斬背上，這只使唐斬咯血當堂，可是唐斬以刀使出判官筆的一記絕學『點到不止』，一刀捌進孟孫屠『膻中穴』去，孟孫屠只有一命嗚呼了。」

「這麼說來，這算是唐斬的幸運吧？」

「不然。如果說是唐斬之幸，這也是他自己一手造成的幸運。他先使孟孫屠疲懼交加，失去準確的判斷力，再在兵器上佔便宜。這種知已知彼、百戰百勝，有時要比其真材實學的武功還管用。」

「唐斬殺盡同門師兄弟，豈不成了『殺手樓』的樓主了？」

「唐斬的目標不是這個。他下一個要殺的是——」

「他師父?」

「對。你可知道誰先猜出他會這樣做?」

「他師父?」

「對極了，這回真是知徒莫若師，他師父『老丈』一旦聽說只剩下了唐斬，馬上就知道唐斬決不會放過他的。他著人四處打聽、監視唐斬的行動，發現唐斬在殺掉孟孫屠之後，到處遨遊、四方結交，嫖妓鬥雞，無所不爲，說的話又多又怪誕，是以什麼風聲都有人傳出來：有人說他要投靠閹黨，有人說他要上山落草，有人傳他要當官，更有人傳說他要行刺天子……總之無奇不有，『老丈』不得不處處留心，只提防著這個羽翼已豐的門徒有一日會找上他。」

「以唐斬的個性，也勢必會找他的。」

「唐斬果然去了，他潛入『老丈』的家，先抓住了『老丈』的老婆，可是『老丈』早已扣住了唐斬唯一的妹妹。這一來，兩人手上各扣住對方一名至親，兩下均沒佔著便宜。」

「嘿，這兩大高手的局面，忒也尷尬。」

「兩人這是生死戰，早已不理會什麼高手風度了。兩人俱同意要交換人質。唐斬剛剛才得回妹妹，『老丈』才接著夫人，雙方均已動手，是以唐斬和『老丈』，手上各有一名至親女子，一面搶救，一面搶攻。到後來，兩人出招皆往女子身上攻去，以令對方分心救護時有機可趁。」

「這算什麼英雄？」

「他們不是英雄，而是殺手！」

「這算啥高手？」

「要活下去，才有機會成爲高手。唐斬就說過這樣的話：要當一個好殺手，該殺時就一刀殺了，不要多說無謂的話，不必生擒活捉，不要讓對方有翻身重生的機會，決不拖延殺人的時間。敵人，唯有死了後才會變成朋友。既要殺人，就以殺得了人爲一切手段的基準，不必談原則，不要講道理。」

「好可怕的殺手。」

「所以『老丈』死，唐斬活了下來。」

「唐斬是怎樣擊殺『老丈』的？」

「唐斬全力猛攻『老丈』的夫人，『老丈』招架不住，只好反攻唐斬的妹妹，以期唐斬回招守護。不料，唐斬一刀斬殺『老丈』的夫人，『老丈』也收勢不住，一劍刺殺唐斬之妹。唯一不同的是：唐斬是下了決心犧牲自己的妹妹，『老丈』雖以殘忍著稱，但畢竟心愛他的夫人，夫人突歿，『老丈』心痛神亂，唐斬就在這刹瞬之間，猛下殺手，以自己在大師兄孟孫屠身上悟得的絕學，格殺了師父『老丈』。」

「這一來，他可成了『殺手樓』樓主和『殺手之父』了——但他真的弒了『父』——他的師父！」

「這時他雖是聲名大噪，但所殺的好手畢竟只是同一師門的，他的殺手名頭在江湖上並非人人認可的。他還必須要殺幾個武林的好手來證實他的實力。」

「看來殺手也不好當。」

「世上只要做到出類拔萃的，有哪一件事情是好當的？要是不能做到翹楚，那只有隨波逐流了。一旦已建立聲名威望，很多不好當的事也好當了起來。」

「所以還是當一個平凡人容易。」

「不過，對於一個不凡的人來說，根本就無法去當平凡人。一個不平凡的人總會做一些不平凡的事，一個做了不平凡的事的人就不再是個凡人。」

「唐斬當然不想當一個凡夫俗子。」

「所以他去找墨三傳。」

「墨三傳？『殺手之霸』墨三爺？」

「便是。就算唐斬不找『殺霸』，墨三傳也一定會找上唐斬。主要是因爲，墨三傳手上有一把『七情斬』長刀，是寶刀，但墨三傳練的是槍法。唐斬精擅的恰好是『一刀兩段』長刀斬法。他需要那樣一把好刀——」

「墨三傳則需要唐斬的刀法。」

「所以唐斬要奪墨三傳的刀，墨三傳要拿唐斬的刀法。偏是他們兩人均是不好惹的人物、一流的殺手。」

「他們何不合作，互相交換？」

「這問題不必我來答。你自己想想：可能嗎？」

「是謂一山難容二虎……」

「況且，墨三傳一向維護忠良，曾刺殺過魏閹，不成而退，縱是如此，墨三傳在敗走之際，亦格殺魏閹身邊好手七十三人。魏忠賢恨之入骨，重金要拿墨三傳的人頭。這事就交給心腹太監朱實承辦，朱實找上了唐斬。唐斬要成爲天下第一殺手，墨三傳的首級更是勢在必得的。」

「結果得了沒有？」

「墨三傳至怕沒有人暗殺他。他最喜歡挑戰，因爲唯有挑戰，才能使他自己保持進境。他知道唐斬要行刺他，他很高興；唐斬知道要面對這樣一位高手，也很奮亢。墨三傳甚至主動要求唐斬，要跟他同食同住、同寢同眠，看到底誰能殺誰！」

「我的天啊！墨三傳忒也大膽！卻不知唐斬有沒有接受？」

「接受了。於是兩人一起生活，甚至是一齊行動，去刺殺當時殺手行業中的『三個太陽』：『冰刃』楊照暖、『金鋒』高魁陽、『黑魔』宣可揚。到了晚上入睡前，墨三傳還把利刀放在兩人之間，誰要是不小心覆於其上，『七情斬』是柄寶刀，削鐵如泥，受傷難免。誰要是先行奪得寶刀，另一人就要遭殃。他們共睡了七晚，但誰也佔不了誰的便宜。」

「嘩，看來這墨三傳也真磊落！好好的手中刀，卻授人於柄。」

「墨三傳認為：恃利器制敵，不以為勝，不算好漢，不是好殺手。」

「只要能殺得了人就是好殺手，唐斬才不管那麼多。」

「所以唐斬終於還是手擒了墨三傳，去獻給魏忠賢。」

「呸！」

「豈知魏忠賢對墨三傳雖巴不得剝其皮噬其肉啃其骨，但他始終不予接見，只遣朱實去把墨三傳烹而分於野狗食之。結果朱實當了殃……」

「哦？怎會是他遭殃……？」

「因為唐斬雖然無情，但有原則，明是非。他要當一個殺手，就不能做一個好人，但不是好人仍是人。在江湖上，無情的人當不成好人，但無義就做不成好漢。唐斬對那一群諂附魏閹的狐群狗黨，向來鄙夷，對清正之士卻常相維護。他唯一殺掉的東林黨大學士朱國禎，為的是要誘殺許顯純，情非得已。而今跟墨三傳長久相處，知其為人光明坦蕩，反而不忍殺之。於是定計獻墨以苦肉計殺魏忠賢……」

「可惜魏忠賢這老狐狸狡得很，並不中計！」

「畢竟唐斬和墨三傳也聯手殺了朱實。」

「究竟墨三傳與唐斬到頭來有沒有分出了勝負？」

「爲什麼一定要分高低、定勝負呢？就爲了這句話，多少人因而喪命，多少人因而瘋狂。假使我們也不去多問：誰勝誰負？說不定這就算積了一德，使人不必爲了這個毫無意義的答案，去拚個你死我活了。」

稿於一九八八年四月十日麗晶遇林青霞，風采依然，言笑可掬可親

又校於一九九〇年二月十四日與瑞琪聯絡與達明簽約

重修於紀念一九九六年至九七年與上海小劍、黑龍江雪滎、珠海黃芳的片段情感

十九　閒話中的閒話

「咱們說了那麼多的故事，也該說咱們自己的事了。」

「我知道閣下大名鼎鼎，曾是『撼動山』的四當家，外號『爽俠』，當年在巴蜀道上的好漢，提起爽俠胡大造化，有誰不豎起拇指喝一聲采的！」

「你閣下就別取笑了，有你『折煞天師』梁快在，還輪到我姓胡的逞能麼！你手創的『天師盟』和令師兄溫三十三所創立的『自師門』，鬥個翻天覆地，日月無光，不是你，誰能制得住、治得了溫三十三？你們叱吒風雲的時候，我胡某人連『吞魚神功』都還沒練成呢！就只有慕名嚮往的份！」

「你別過謙了！江湖上，長江後浪推前浪：武林中，一代新人換舊人。閣下少年英俠，青出於藍，猶勝於藍，往後天下，只看你們的拳腳了。」

「這也不然。長江後浪，不一定就推得倒前狼，後浪也不一定比前浪大。同理，新人也未必就取代得了舊人，青藍各有顏色。說起來，你還是我的前輩哩。梁兄武功在下一向心儀敬仰，就是還沒機會請益就教而已。」

「我對老弟的武藝，也久仰得很，只不過這『前輩』二字，我是萬萬受不起的。所謂『學無前後，達者爲先』，我也是不過比老弟虛長四、五歲，至於功力高低，則要試了才知。」

「說實在的，當年我加入『撼動山』當然是爲了一股義氣、一腔熱血，但其中一個原因，我也是想仿你當日成立『天師盟』之豪情勝槪，不過，我卻百思不得其解，你後來緣何又會與師兄溫三十三言歸於好，把『天師盟』和『自師門』合併爲一呢？」

「話說天下大勢，分久必合，合久必分嘛。」

「那您這個回答分明是敷衍我了。」

「話也不是這麼說。溫三十三是我的師兄，他的武功修爲極高，才華橫溢，我很佩服，但他不孝不忠，做事爲達目的，不擇手段，工於心計，自視過高，待人處世，利字當先，一切以『利』爲要。當別人是蠢蛋，只曉得利用人，而不是重用人，這是我所不能接受的；也因爲這樣，他年逾三十，也僅止於獨行獨斷，我行我素，一直創不了幫也立不了業。『自師門』是我糾合了一眾江湖上的弟兄朋友們，自行創立，然後才敦請溫三十三出任掌門的，他曾予我武功上的啓蒙，但也在信心上予我無情的挫折；我覺得他才高志大，但卻孤掌難鳴，很爲他可惜，便虛位以待，要他主掌大局，也算是還他一個情。」

「你的做法很溫厚呀。到頭來卻又爲何背反『自師門』呢？」

「因爲他初登大位，爲鞏固權威，開始還處處虛心，事事聽勸。可是一旦手握兵權，他就整肅異己了。像我，明明是把自己手上人才和財物都交予他派用，他卻在外說成是他一手提拔我、栽培我的人。這教我啞子吃黃連，有苦自己知。就拿他當年學的那一套『飛星神箭』來說吧，明明是我把一身所學，半生所悟，盡悉授傳，他聽時喏喏，一轉身，這又變成了他自創的絕學，還傳言是他把它傳給了我呢……」

「那你也未免太小氣了吧。這種小事，我就各看緣法，介意來幹什麼？」

「這不然，每個人都有他的原則。譬如我在武功上受了他的影響，我就一定會承認，我有佩服他的地方，我也決不諱言。我可以幫人、教人、救人，對方可以半個謝字都沒有，但不可以反過來說成他幫我、教我、救我。正如他孝不孝順，是他個人的事。可是他不能連別人因看他父母孤苦伶行孤獨可憐想予以援助也視爲大敵，更不能行不孝之事而享大孝之名。這點我是生死毋論、寸土必爭的！」

「好！原來你爭的是大節。」

「因爲我有異議，所以被趕出了『自師門』。」

「哦，原來你是被逐走的，而不是叛變的。」

「這倒是無所謂了。試想，這是我和一群老弟兄所力創的組織，又怎捨得跟三兩好友猝然離去而不顧大局？其實，這都是溫三十三的藉口，以此來發動老弟兄們對我們視作叛徒，趕盡殺絕呢？我們這一走，倒是遂了師兄的願。不過，這也算不上什麼血海深仇。當時是屈是苦，但時隔久了，也忘卻酸楚了。」

「當然啦，以你的人才，未幾又創出了個『天師盟』。」

「說是容易那時難。你以爲從頭再來是那麼容易的？世上有幾人能夠一而再、再而三的從新再來？其間也含了不少冤，受了不少屈，這就甭提了。『自師門』是以『自己爲師』，是以天天策勵自己、與自己作戰、打敗自己爲職志，倒不如『以天爲師』，學會圓融，對天地萬物有情有義，創出一套天人感應、天人合一、以和爲貴、替天行道的武藝和法則，這就是『天師盟』的宗旨。」

「所以『天師盟』很快的又聲威漸壯，威脅到『自師門』。」

「但我們並沒有爲敵，只有無情的競爭。」

「是。『自師門』在外把你們傳得不堪得很，而你們也搶走不少『自師門』的要角，成爲『天師盟』的支持者。」

「大凡鬥爭，都是無所不用其極的了。大多的誤會，都會愈陷愈深，除非是整個情勢上發生了非人力可控的轉機。」

「譬如『虎穴』的龍天王，在王其山道上要攔截『自師門』所押護的鏢銀，兩造人馬惡鬥了起來，當時你就率了『天師盟』的三大高手，力助溫三十三退敵，可有此事？」

「你是怎麼知道的？」

「不錯，你在事後也一字不提此事，溫三十三自然也不會提了。」

「冤家宜解不宜結，況且，我也不能容橫行無忌、作惡多端的『虎穴』老大龍談殺人劫貨！」

「這一來，你跟溫三十三的『結』就化解了不少，以致後來『龍潭』總瓢把子苦雪先生爲其兄龍談復仇，率眾攻打『天師盟』的時候，溫三十三也領『自師門』的高手相助，力退強敵。這大概可以叫做『化敵爲友、守望相助』了吧？江湖上，沒有幾人能料得到在你遇危的時候，出手相助的是一向與你爲敵的溫三十三。」

「在江湖上行走，沒兩三下叫人看不出來、令人出乎意料之外的手段是不行的。說實在的，有時候，敵人才是最好的朋友，沒有了敵人，你會怠惰，你會自滿，只有強敵才教你自強不息。同時，沒有敵人，你會分不清什麼才是朋友；而朋友會在危急時變成了敵人，敵人至多不過仍是你一直和一向都提防的人，並且有時隨時還會變成了朋友，因爲敵人對你的瞭解與器重有甚於朋友，所以他們的助力和殺傷力都是足可起死回生、反敗爲勝的。」

「我記得溫三十三也說過了一些話——雖然他說的話不一定對，但也不得不承認他有些話非常管用。」

「例如？」

「他說過：『武林中大家都不理對與錯，只管勝與敗。』他又說過：『在江湖上以前是沒有永遠的朋友，也沒有永遠的敵人，現在是根本沒有真正的朋友，也沒有真正的敵人。』他也說過：『沒有底子的人必須虛張聲勢；有實力的人反而要扮豬食老虎』。」

「你倒是背得挺清楚嘛。他也說過：『選擇敵人要比選擇朋友更加小心。好的敵人令你憤發、自愛，壞的敵人反而顯出你的不堪。有什麼樣的敵人，就反映出你是個什麼樣的人。』」

「我也背得出你的名言。」

「我哪有說過什麼話……」

「『反正跌倒了就爬起來；成功失敗，不如自在。』這是你說過的，『一旦疲累，再好的事也成負累。』這也是你說過的。『一個真正的好手是視打擊為娛、視挫折為樂的。』這又是你的話，對不對？還有……」

「好了好了，原來我不但時常胡說，還經常廢話連篇呢。再說下去，我可要臉紅紅到腳趾頭上了。」

「我倒覺得這些話也真算有意思，不只是閒話而已，所以就用心記了起來。」

「其實，咱們說的都只是些閒話，不過，世上的要緊事，其實都不過是閒話而已。義正辭嚴裡反而多造作虛飾，閒話家常裡反見出微言大義。我們說了那麼多故事，從蕭秋水、方振眉、神相李布衣、獨臂戚少商……到殺手唐斬、遊俠納蘭、女俠息紅淚，其實不外乎要把他們的傳奇流傳下去，世上若沒有傳奇，就沒有夢了。另外，在我們的武俠世界裡，人們都只注重甚至沈迷於『武』：武鬥、暴力、殘殺、血腥……而忘了『武』是『止戈』——終止暴力的意義。忠義的故事，大家都聽了很多，寫了很多，而渾忘了『俠』才是江湖的本義。沒有了俠，江湖就是黑泥沼、毒龍潭，就像初一的月亮沒有了光一樣。」

「所以，我們說的雖然只是些閒話，但也似亦不可等閒視之。」

「哈哈……你這句話就未免太自視過高了吧，」

「相看兩不厭，唯有敬亭山。我見青山多嫵媚，青山見我應如是。一個巴掌怎拍得響？你閒話一句，我閒人大話，說來說去，才有不是閒話。」

「閒話無妨，只要不是閒言閒語就好，我倒也聽了你一些閒話。」

「誰人沒有閒話？誰人人後不說人？閒話傳多了，就成了神話，卻不知你所聽到的是什麼話？」

「我知道你有一個很有本領的大哥。」

「……」

「他就是陳白陳。『天上人間』陳白陳。」

「唉。」

「為何歎息？」

「其實他還有很多外號：『袖裡乾坤』、『掌中日月』、『手上天下』、『武林第一人』……這些綽號，都是武林同道替他取的，在在都只說明了一件事。」

「他在武林中的無對無敵。」

「至少，他在江湖上的地位崇高，人人尊敬。我開始也是對他不服氣，故意上『撼動山』來挑戰他，那時，他剛好入牢了。」

「唔，我記得那是陳白陳帶領『三點』、『三合』的子弟，跟『白蓮教』的人聯合起來，反清復明。結果，那一役雖然大捷，但手上二當家、三當家全中了伏，他投官自首，旨在換出被抓的弟兄二十一名。……卻不知結果換出來了沒有？」

「換出來了，但他身繫囹圄，隨時處決。當時，我上得撼動山，見山上一眾弟兄，有的是江湖上成名的人物，諸如『熊貓大盜』蔡黑面、一了道人、百了和尚、『白板殺手』應中量、『黑衫小妖』鍾英亮、『七絕搜魂九絕鞭』何元郎、『百尺竿頭』龍大開、『千仞峰叟』潘大合……紛紛故意犯事，假裝失手被擒，關在牢裡……」

「怎麼？他們都愛坐牢不成？」

「我也覺得奇怪。後來才弄清楚，原來他們都要藉故入獄，混入牢中，去照顧他們的大哥——也是後來我的『大哥』——陳白陳。」

「哎，這叫他待人義，人待他忠。後來，你也就給他收服了？」

「他沒有收我，是我自己服了。我的『吞魚神功』，自信誰也不及我快，及我快也不及我滑，及我滑也不及我絕——只不過遇上他的『單手大劈棺』，所有的功夫都派不上用場了。就像一條魚上了岸，別說其他的了，求活命也不容易，再大的魚都一樣。我自信機智過人，但遇上了他，全都廢了，只剩下機深禍更深。」

「聽說陳白陳老大是十八般武藝，樣樣俱能；不論鬥智鬥力鬥功夫，從硬功內功到氣功軟功，乃至於輕功，他都有過人藝業、精研有成？」

「大概也只有他一人了。河北張老棍子的『瀑布鐵索』是獨門絕技，但跟陳大哥一比，卻給比下去了。張老棍子還拜陳大哥爲師，專練『瀑布棍法』呢！『敦煌天女』陳宣兒的『跨海飛天』輕身提縱術夠厲害了吧，但陳大哥用的也是『跨海飛天』，卻只有陳大哥會的陳大姐不會，沒有陳大姐會的陳大哥不會。更絕的是脫髮大師……」

「脫髮大師？那是個妙人！聽說他是因爲年紀輕輕頭髮就掉光了，所以才當起和尚來的——不知是不是他？」

「你既然知道是他，當然知道他所創的祕技了？」

「這個當然了，他創『頂天立地』十三式，全是用頭顱作武器的。這一記絕招，誰也跟不上、誰也學不會、誰也應付不來——這要看『袖裡日月、手上天下』的陳白陳如何應付了。」

「他不用應付。」

「哦？」

「因爲是脫髮大師應付不了他。」

「陳白陳用的是什麼武功?竟可尅制『頂天立地』?」

「他用的正是『頂天立地』。」

「什麼?」

「只不過，他的『頂天立地』有十七式，比脫髮大師多了四式——那正是脫髮大師深思苦研之下，一直創不來的那四式!」

「……佩服佩服!陳白陳果然名不虛傳!難怪你日後也成了撼動山的四當家。」

「我佩服他，不只是因爲武藝不如他，而在人格上，我也敬重。第一次，我跟他正式挑戰，我三百招取之不下，自知輸定了，可是他就是不把我擊敗，反而假裝著了我一招而退，口裡還說承讓。我不承他的情，當面道破，立即告辭。臨走的時候，我仍然有些不甘心，就倏然出手，以『魚閃步法』欺進，以『驚濤指』重手轉穴，連戳他身上三大重穴、五大要害。」

「嘩，你、你、你、你這太過份了。」

「我也知道自己惱羞成怒。我是想折他一折，好消消我的氣，不料，他真的避不開去，一連著了我八記重手轉穴，還若無其事的對我說：『出手好快，謝謝手下留情。』完全像個沒事的人一樣。他這樣說，一是怕我下不了台，二是怕他手上兄弟，見我暗算，會一擁而上，找我麻煩，他這句話是護著我，兜著我的面子，我這時方才知道他功力之高、修爲之深。」

「厲害厲害。」

「他更令我佩服的是：知其不可爲而爲的精神。他的反清復明，不肯向權貴俯首屈服，知道敵人不可能自退，弱者一定要自強；不可能光靠文人去恢復河山，所以聯絡各地雄豪，廁身於市井販夫之間，組合大家，提昇百姓，聯手起來，反抗官紳的壓迫統治。他這樣做，是義所當爲，但也是爲人所不能爲。」

「難怪……唉。」

「難怪什麼？」

「難怪你會受他影響如此之深。」

「是的，我不僅在武功的修練上受他影響，連爲人行事上，都有他的影子。有另外一個人的影子、受別人的影響，未必就是不好的；只要最終能走出自己的方向來，有自己的風格，那就是件好事。」

「有誰不受過人的影響？那有什麼關係？模仿不要緊，那只是開始，到後來一定要脫穎而出，破繭成蝶。要不然，以模仿始，抄襲爲終，那就悲哀了，活在別人的影子之下，始終只是個沒有影子的人。陳白陳對你的影響自是好的，卻不知你後來怎麼對武功的進修、志業的進取，竟是如此的心灰意懶呢？」

「這也是因爲陳大哥的影響。」

「這我就不明白了。以他的爲人，怎會讓你灰心喪志、遁跡山林、大隱於市、不理俗務呢？」

「他當然不知道我會這樣的。就算他知道，也管不了了。」

「怎麼說？」

「因爲那時候，他已過世了。」

「……那就是說，你是因爲他的死，才意志消沈的了？」

「是。你可知道他是怎麼死的？」

「聽說……傳說……好像是……」

「槍。」

「槍？」

「火藥。」

「火藥？」

「對，火藥和槍炮。當時，與清兵對抗時，已開始有人用上了炸藥和火器。陳大哥一看，就扼腕長歎：完了。我不明白，於是有問。陳大哥說：『槍炮一出，日後，我們苦心練武的人都沒了意思了。要嘛，咱們中國就來發展槍炮；否則，他日還不知得要受外族多少氣！我們這些練武的人，不怕對方武功練得更好，只怕人家用不必練的武功來破咱們的功夫！』果然，日後火槍隊、大礮隊日盛，陳大哥武功蓋世，卻仍給炮火炸了，空有一身武藝，卻死在無情槍炮之下。你說，連陳大哥這樣的絕世武學名家，都敵不過火器，咱們還練這些什麼勞什子武藝來幹啥！」

「所以你就壯志消沈了……」

「陳大哥生平仗義扶弱，助人無算，卻不得善終，你教我如何相信有報應這回事？我幼受庭訓，少讀歷史，就是想要印證『善惡到頭終有報』這句話。

可是，我翻來查去，到頭來只知道是：『天道不公，常與善人』。與其等待惡人有惡報，不如讓我們去主持正義；與其要等上天來收拾他，不如讓我們去剪除他好了。至於我自己呢？反正天下間沒有公道的事，沒有公平的地方，我還管它作甚？又管得了多少？我不理了。」

「那你就錯了。」

「人生在世，本來就不一定盡去做那對的。」

「你說的對。所有的進步，都先從錯處來。你那位陳大哥可貴在於：無顧生死榮辱，只求爲其所必爲，知其不可爲而爲。咱們不是說『俠』道已經沒不復存了嗎？陳白陳就是位俠者了。他不一定是要求有好報、善果，他只是做他應該做的，做得了多少是多少，誰又能做得了全部？在做的過程裡，他的人格已昇華了，這萬丈光華也影響了你、提升了許多人。你若因爲他不幸亡歿而輕言放棄。那你根本不能領略體悟他的爲人和苦心了。」

「我知道你的用意。你是在安慰我，也是想激勵我。你可以說，陳大哥雖然死了，但他的精神並沒有死。但我不能因此而釋懷。多少人殺人放火、殘民以虐，但一樣高官厚祿，得享天年，他們一生榮華富貴，不是更自在快樂嗎？

陳大哥死了，我當然不會因不幸而自暴自棄，甘心於沆瀣一氣、爲虎作倀，但我至少也看開了、看淡了、看化了。要當故事的主角，還不如聽故事好。當故事中的人是要付出代價的。那代價不是人人都付得起的。我知道你是俠者，你還要以絕世之功求絕世之名，而我呢?只求遊戲人間，逍遙自在，有時說說閒事，有時聽聽閒話，願在太平作閒人而已。」

「胡大造化，你別執迷不悟，辱沒了曾經是『撼動山』大當家陳白陳最賞識的老四『爽俠』的名號!」

「梁快兒，你要行俠，那是你的志業;我要做閒人，那是我的路向。大道如天，各行一邊;你走陽關道，我行獨木橋。」

「老弟，快施出你的『吞魚神功』來，我的『折煞』九式和『飛星神箭』可要來了，你留神著!」

「梁兄，你就少來迫我，咱們談到這兒，難道還哥兒倆也真箇來一場不成!?」

「如果能迫出你過去的豪氣，我絕對奉陪到底!」

「嘿，這一來，我們倒成了日後人們口中的閒話了。」

「這就叫做『閒話中的閒話』呀！」

稿於一九八八年五月二十五日得見哈爾濱北方文藝出版社印行《碎夢刀》、《大陣仗》、《開謝花》三書為《案中案——名捕傳奇》各十萬冊

校於一九九〇年元月一日溫瑞安、梁應鐘、陳琁、何家和、謝志榮、黃漢立、陳浩泉、傅小華、胡慧中、陳玉嬌、劉定堅、黃國興、伍永新、李志清、馮志明、賴瑞和、潘友來、廖杏如、古劍、譚熾成、徐家祥、蔡衍澤等二十二人大宴，出版「絕對不

要惹我」（敦煌版）慶祝元旦、生辰

重修於一九九八年二月二十四至二十七日與劉靜相識而相愛，從此改變了新生活，重新塑造了個新的自己，和著手建立一個新的家庭

三校於二〇〇五年七月

TVB開拍《布衣神相》／八月，兩岸分別有製作公司洽談《神州奇俠》漫畫及動畫

後記

不是閒話

《江湖閒話》到頭來還是閒話幾句而已。

原本是香港《東方日報》約稿，要我寫八千字短篇武俠小說。字數要恰恰好，不可多，不可少。這也無所謂，在香港，就連寫詩也不可多一字少一字，更何況小說。武俠短篇最是難寫。所以最刺激。我一向都主張每一部小說都是一個獨立的生命，所以要賦給每一部小說一個新的形式。於是，乾脆把我過去武俠小說裡一些我自己印象較深刻的人物拿出來，各寫一篇。這好比原本是去觀察一棵大樹，現在去分析枝葉。有些情節的支線，在原來小說裡不便發展，只好從輕發落，到此大可節外生枝，以枝爲幹，小題大做。

這還不夠，打算用兩人對話的方式，來衍生出全篇小說。這兩個只有對話的人物，藉他們的對話烘托出一個有花有劍有熱血有淚光的江湖來。到末了，對話的二人也成了話題，閒話人也成了閒話，傳說的人成了傳奇。

在寫作和發表的過程裡，也不例外的有了好些變化：譬如從每篇八千字改成六千字，發表的刊物從《時報周刊》轉到了《自由時報》，從《玲瓏閣》轉到了《亞洲電視》，諸如此類……這都不重要，重要的是雖經延擱，但我還是完成了此書，並利用了一些中國傳統的相聲、說書、戲劇性對白的效果，在改寫了一些故事和人物的同時，也創造了一些新意。恰巧此書萬盛版，以鄭問配圖的特別版，也對九十年代香港連環圖，造成了莫大的衝擊及帶領潮流的作用。

如果沒有至少一項全新的創意，我寧願不寫，或寫了不出書。

這當然不是閒話。

稿於一九八八年一月二十六日中國北京友誼出版社出版「四大名捕會京師」第一次印刷十萬冊

校於一九九〇年二月十五日

接「晨星」預付款項／接受「自立晚報」訪問／與曼約晤

修訂於一九九九年二月六日

靜何梁龍頭「轉運」去／收到萬象出版「溫俠刊」第五期「斬馬」以我和小飛改造畫為封面，且收到「高手」無端成評審，梁作品入圍，好玩可喜高興

再校訂於二〇〇五年九月

四大名捕漫畫版，已分別推出香港周刊版、台灣月刊版、中國內地双周版、英文版、泰文版、印尼版、馬來中文版及馬來文版等

《江湖閒話》完

作者通訊處：香港北角郵箱54638號
作者傳真：（852）28115237
（86755）25861868

溫瑞安相關網頁：
www.6fun5.com（六分半堂—溫瑞安官網論壇）
www.wenruian.com（神州奇俠—溫瑞安官方網站）
www.xiaolou.com（神侯府·小樓）
新浪網之溫瑞安網頁
www.book.txsm.cn（天下書盟之溫瑞安專版）

【武俠經典新版】

江湖閒話（全一冊）

作者：溫瑞安
發行人：陳曉林
出版所：風雲時代出版股份有限公司
地址：10576台北市民生東路五段178號7樓之3
電話：(02) 2756-0949
傳真：(02) 2765-3799
執行主編：劉宇青
美術設計：許惠芳
業務總監：張瑋鳳
初版日期：2025年1月新版一刷
版權授權：溫瑞安
ISBN：978-626-7510-27-8
風雲書網：http://www.eastbooks.com.tw
官方部落格：http://eastbooks.pixnet.net/blog
Facebook：http://www.facebook.com/h7560949
E-mail：h7560949@ms15.hinet.net
劃撥帳號：12043291
戶名：風雲時代出版股份有限公司
風雲發行所：33373桃園市龜山區公西村2鄰復興街304巷96號
電話：(03) 318-1378
傳真：(03) 318-1378
法律顧問：永然法律事務所 李永然律師
北辰著作權事務所 蕭雄淋律師
行政院新聞局局版台業字第3595號 營利事業統一編號22759935

國家圖書館出版品預行編目資料

江湖閒話／溫瑞安 著. -- 臺北市：風雲時代出版股份有限公司,，2025.01- 面；公分（刀在江湖系列）
武俠經典新版

ISBN 978-626-7510-27-8（平裝）

857.9 113016522